УЧИТЕЛЬ ФЕХТОВАНИЯ

Александр Дюма

Учитель фехтования

Александр Дюма

Действие одного из ранних романов Дюма «Учитель фехтования» – о судьбе француженки Полины Гебль, ставшей женой сосланного в Сибирь декабриста И.А. Анненкова, происходит в России. Бесспорно, что Дюма – прекрасный рассказчик, и о чем бы он ни написал, мы чувствуем, чем живут его герои, ощущаем окружающую их эпоху, заражаемся полетом фантазии автора.

© Издательство Miller, 2025

Сайт издательства: www.miller-books.com

ISBN: 978-1-7641097-2-7

УЧИТЕЛЬ ФЕХТОВАНИЯ

– Бог ты мой! Что за чудо! – воскликнул Гризье,[1] увидев меня на пороге фехтовальной залы, где он задержался после ухода наших друзей.

В самом деле, с того самого вечера, когда Жерар де Нерваль[2] рассказал нам историю Полины, я ни разу не заходил в дом № 4 на Монмартре.

– Надеюсь, – продолжал наш достойный учитель с той отеческой заботливостью, которую он всегда проявлял к своим ученикам, – что вас привело сюда какое-нибудь скверное дело?

– Нет, дорогой мэтр! Я пришел просить вас об одолжении, – ответил я, – однако оно не из тех, какие вы оказывали мне прежде.

– Я к вашим услугам. В чем дело?

– Дорогой друг, вы должны помочь мне: я в затруднении.

– Если в моих силах вам помочь, считайте, что это уже сделано.

– Спасибо. Я никогда не сомневался в вас.

– Говорите, я жду.

– Представьте себе, я только что заключил договор со своим издателем, а мне нечего дать ему.

– Черт возьми!

– Вот я пришел к вам. Не поделитесь ли вы со мной своими воспоминаниями?

---

[1] Гризье Огюстен Франсуа (1791–1865) – известный мастер фехтовального искусства; преподавал уроки фехтования в ряде городов Франции, затем уехал в Россию, где провел около десяти лет. В конце 20-х годов возвратился во Францию и открыл школу фехтовального мастерства, общался с А. Дюма и другими французскими писателями. Автор книги «Фехтование и дуэль» (1847), в которой решительно осуждал дуэль как пережиток феодальных представлений о чести и способах ее защиты. В этой книге О. Гризье писал: «Дуэль знаменитого поэта Пушкина с его шурином – одно из самых бедственных событий такого рода, известных истории. Жена и дети Пушкина остались лишенными средств к существованию».

[2] Нерваль де Жерар (1808–1885) – известный французский поэт-романтик. В соавторстве с А. Дюма написал ряд пьес.

– Я?

– Именно вы. Я не раз слышал, как вы рассказывали о своей поездке в Россию.

– Не спорю.

– В какие годы вы там были?

– В 1824, 1825 и 1826-м.

– Как раз в наиболее интересное время: конец царствования императора Александра I и восшествие на престол императора Николая I.

– Я был свидетелем похорон первого и коронования второго.

– Я же говорил!

– Поразительная история!

– Как раз то, что мне нужно.

– Представьте себе… У меня в самом деле есть кое-что. Вы терпеливы?

– Вы спрашиваете об этом у человека, который только и делает, что дает уроки.

– В таком случае, подождите.

Он подошел к шкафу и вынул оттуда какую-то толстенную папку.

– Вот то, что вам требуется.

– Рукопись, прости господи!

– Это путевые записки одного моего коллеги, который был в Петербурге одновременно со мной. Он видел то же, что видел я, и вы можете положиться на него, как на меня самого.

– И вы даете эту рукопись мне?

– В полную собственность.

– Но ведь это же сокровище!

– Сокровище, в котором больше меди, нежели серебра, и больше серебра, нежели золота. Словом, вот вам рукопись и постарайтесь употребить ее с наибольшей для себя пользой.

– Дорогой мой, сегодня же вечером засяду за работу и через два месяца…

– Через два месяца?

– Ваш друг проснется утром и увидит свое детище напечатанным.

– Правда?

– Можете быть спокойны.

– Честное слово, это доставит ему удовольствие.

– Кстати, рукописи недостает одной мелочи.

– Чего же именно?

– Заглавия.

– Как, я должен дать вам еще и заглавие?

– Дорогой мой, не делайте добрых дел наполовину.

– Вы плохо смотрели, заглавие имеется.

– Где же?

– Вот здесь, на этой странице. Взгляните: «Учитель фехтования, или Полтора года в Санкт-Петербурге».

– Ну что ж, раз оно есть, мы его оставим.

– Так как же?

– Заглавие принято.

Благодаря этому предисловию читатель примет в соображение, что ни одна строчка книги не принадлежит мне, даже ее заглавие.

Впрочем, речь ведет друг мэтра Гризье.

Глава первая

Я переживал еще пору иллюзий и владел капиталом в четыре тысячи франков, который казался мне неисчерпаемым богатством, когда услышал о России как о настоящем Эльдорадо для всякого мастера своего дела. Я верил в свой талант и потому решил отправиться в Санкт-Петербург.

Сказано – сделано. Я был одинок, семьи у меня не было, долгов – также. Стало быть, мне требовалось только запастись несколькими рекомендательными письмами и паспортом, что не отняло много времени, и спустя неделю я уже ехал в Брюссель.

В столице Бельгии я пробыл два дня. В Льеже – один день. Здесь в городском архиве служил мой старый школьный товарищ, и я не хотел проехать мимо, не повидавшись с ним. Я рассказал ему о своем желании посетить крупнейшие города Пруссии и места известных сражений. Но он рассмеялся, говоря, что в Пруссии останавливаются не там, где хотят, но там, где это угодно вознице, в полном распоряжении которого находятся все пассажиры. Действительно, по пути из Кельна в Дрезден, где я имел намерение остаться на три дня, нам позволяли выходить из нашей клетки лишь для того, чтобы поесть, на что уделялось ровно столько времени, сколько нужно, чтобы насытиться. После трех дней такого вынужденного заключения, против которого никто из пассажиров не протестовал – настолько это было обычно в королевстве его величества Фридриха-Вильгельма,[1] – мы прибыли в Дрезден.

---

[1] Фридрих-Вильгельм III (1770–1840) – прусский король (1797–1840). После поражения наполеоновской Франции, нарушив свои конституционные обещания, установил в Пруссии режим полицейского деспотизма. О произволе прусских властей и ведет речь учитель фехтования.

Не стану подробно описывать, как я добрался до России. Начиная от Вильны я уже ехал по тому самому пути, по которому двенадцать лет тому назад Наполеон шел на Москву.

Я хотел было осмотреть Смоленск и Москву, но для этого нужно было бы сделать крюк верст в двести, что было для меня невозможным. Проведя один день в Витебске и побывав в доме, в котором две недели прожил Наполеон, я сел в повозку, в какой разъезжают курьеры в России. Она называется здесь «перекладной», потому что лошадей перекладывают на каждой почтовой станции.

В эту повозку была впряжена тройка. Одна из лошадей, коренник, бежала молча, высоко подняв голову, а обе пристяжные ржали на бегу, так низко опустив головы, словно собирались вцепиться зубами в землю. Отметим, что по этой же дороге совершала некогда свое путешествие в Тавриду Екатерина.

На другой день вечером я уже прибыл в Великие Луки. Дороги были настолько плохи, а мой экипаж – такой тряский, что я намеревался остановиться здесь, чтобы хоть немного отдохнуть, но решил ехать дальше: мне оставалось до Петербурга не более ста семидесяти верст. Бесполезно говорить о том, что во всю эту ночь я не сомкнул глаз: я катался по повозке, как орех в скорлупе. Много раз я пытался уцепиться за деревянную скамейку, на которой лежало нечто вроде кожаной подушки толщиной в тетрадь, но поминутно скатывался с нее и должен был снова взбираться на свое место, жалея в душе несчастных русских курьеров, которым приходится делать тысячи верст в этих ужасных повозках.

Во всяком другом экипаже я мог бы читать. И надо сказать, что, измученный бессонницей, я не раз пробовал взяться за книгу, но уже на четвертой строчке она вылетала у меня из рук, а когда я наклонялся, чтобы поднять ее, больно стукался головой или спиной, что быстро излечило меня от желания читать.

В начале следующего дня я был в небольшой деревеньке, Бежанице, а в четвертом часу дня – в Порхове, старом городе, расположенном на реке Шелони. Это составляло половину моего пути. Меня искушало желание переночевать здесь, но комната для приезжих оказалась так грязна, что я предпочел продолжать путь. Кроме того, ямщик уверил меня, что дальше дорога пойдет лучше: это и заставило меня принять столь героическое решение.

Дальше мы поскакали галопом, и меня еще больше бросало и швыряло во все стороны. Ямщик на облучке тянул какую-то заунывную песню, слов которой я не понимал, но грустный мотив ее как нельзя лучше соответствовал моему печальному положению. Скажи я, что мне удалось заснуть в эту ночь, никто бы мне не поверил, да и я сам не поверил бы себе, если бы не проснулся, больно ударившись лбом обо что-то твердое. Повозку так тряхнуло, что ямщик чуть не вылетел со своего сиденья.

Тут мне пришло в голову обменяться с ним местами, но как я ему ни толковал об этом, он не мог понять меня. Впрочем, он, может быть, боялся согласиться, так как думал, что в таком случае не исполнит своего долга. Мы поехали дальше: ямщик продолжал свою песню, а я – свою невольную пляску в повозке. Около пяти утра мы прибыли в село Городец, где остановились позавтракать. Слава богу, отсюда до цели моего путешествия оставалось не более пятидесяти верст.

И вот я снова в своей повозке. Я спросил ямщика, нельзя ли поднять ее верх, на что он охотно согласился.

В Луге мне пришла в голову другая, не менее блестящая мысль: снять сиденье, настлать в повозку побольше соломы, а под голову вместо подушки положить свой плащ. Благодаря этому я получил возможность ехать сравнительно сносно. В Гатчине ямщик указал мне на дворец, в котором жил Павел I во время всего царствования Екатерины. Затем в Царском Селе я увидел дворец, где и поныне живет император Александр, но я так устал с дороги, что удовольствовался созерцанием этих дворцов издали, дав себе слово осмотреть их более основательно, вернувшись сюда в экипаже получше.

За Царским Селом в дрожках, которые ехали впереди меня, сломалась ось. Хотя экипаж и не перевернулся, но сильно накренился. Из него выскочил какой-то высокий, худощавый господин, держа в одной руке цилиндр, а в другой – небольшую карманную скрипку. Он был в черном фраке, какой носили парижане в 1812 году, в коротких панталонах, в шелковых черных чулках и туфлях с пряжками. Очутившись на дороге, он начал топать сперва правой, затем – левой ногой, потом прыгать, очевидно желая удостовериться, что ничего не сломал себе. Я счел невозможным проехать мимо, не остановившись и не спросив его, не случилось ли с ним какой-нибудь беды.

– Никакой, сударь, – отвечал он, – если не считать, что я пропущу урок. А за каждый урок я получаю по луидору. Ученица моя – красивейшая женщина Петербурга, мадемуазель де Влодек. Послезавтра она должна изображать Филадельфию, одну из дочерей лорда Вартона с картины Ван Дейка на празднестве, которое дается при дворе в честь герцогини Веймарской.

– Простите, сударь, – отвечал я, – мне не совсем понятны ваши слова, но это ничего не значит, раз я могу вам быть полезен…

– Не только полезны, но вы можете прямо-таки спасти меня. Представьте себе, что я только что давал урок танцев княгине Любомирской, на ее даче, в двух шагах отсюда. За этот урок я получаю два луидора – меньше я там не беру. Я пользуюсь известностью и извлекаю из этого выгоду. Все это понятно, так как других французов, учителей танцев, кроме меня, в Петербурге нет. А экипаж княгини, в котором меня отвозят в город, как видите, сломался. К счастью, я дешево отделался.

– Если не ошибаюсь, сударь, – сказал я, – то я могу оказать вам услугу, предложив место в своей повозке.

– О, милостивый государь, это было бы огромным одолжением для меня, но я не осмеливаюсь…

– Как! Между соотечественниками?

– Стало быть, вы француз?

– И также артист.

– Вы артист? Ах, сударь, Петербург скверный город для артистов! Особенно для учителей танцев. Надеюсь, вы не учитель танцев?

– Но ведь вы мне только что сказали, что вам платят по луидору за урок. Это, мне кажется, весьма изрядная плата.

– Совершенно верно, но теперь, знаете ли, не то, что было прежде. Французы все здесь испортили. Так вы не учитель танцев? Нет?

– А мне между тем рассказывали о Петербурге как о замечательном городе для любого мастера своего дела.

– Совершенно верно, так оно и было прежде. Какой-нибудь жалкий парикмахер зарабатывал здесь еще недавно по шестьсот рублей в день, а я с трудом выколачиваю восемьдесят. Скажите, сударь, вы действительно не учитель танцев?

– О нет, дорогой соотечественник, – отвечал я, тронутый его беспокойством, – вы можете смело сесть в мою повозку, не боясь, что я окажусь вашим конкурентом.

– С удовольствием принимаю ваше приглашение, сударь, – сказал мой собеседник, усаживаясь в повозку рядом со мною, – теперь благодаря вам я поспею вовремя к уроку.

Ямщик погнал лошадей, и три часа спустя, то есть уже вечером, мы въехали в Петербург через Московские ворота. Мой спутник оказался весьма милым и любезным собеседником; убедившись, что я не учитель танцев, он посоветовал мне остановиться в Лондонской гостинице, на углу Невского и Адмиралтейской площади.

Мы расстались. Он сел на извозчика, а я направился в указанную им гостиницу.

Нечего говорить о том, что, несмотря на все желание поскорее ознакомиться с городом Петра I, я отложил это дело до следующего дня. Я был буквально разбит и едва держался на ногах. С трудом добрался я до своего номера, где, к счастью, оказалась хорошая постель, чего я был лишен в пути начиная от Вильны.

Проснувшись на другой день около двенадцати часов дня, я первым делом подбежал к окну: передо мной высилось Адмиралтейство со своей длинной золотой иглой, на которой красовался маленький кораблик. Адмиралтейство было окружено деревьями. Слева находился сенат, а справа – Зимний дворец и Эрмитаж. Между ними виднелись изгибы Невы, показавшейся мне широкой, как море.

Одевшись, я наскоро позавтракал, тотчас же выбежал на Дворцовую набережную и добрался до Троицкого моста, длиною в тысяча восемьсот шагов, откуда мне советовали посмотреть на город. Должен сказать, что это был один из лучших советов, данных мне в жизни.

Не знаю, есть ли в мире вид, который мог бы сравниться с развернувшейся перед моими глазами панорамой.

Справа, неподалеку от меня, стояла крепость, колыбель Петербурга, как корабль пришвартованная к Аптекарскому острову двумя легкими мостами. Над ее стенами возвышались золотой шпиль Петропавловского собора, места вечного упокоения русских царей, и зеленая крыша Монетного двора. На другом берегу реки, против крепости, я увидел Мраморный дворец, главный недостаток которого заключается в том, что архитектор как бы случайно забыл сделать ему фасад. Далее шли Эрмитаж, великолепное здание, построенное Екатериной II, Зимний дворец, привлекающий внимание скорее своей массой, чем формой, своей величиной, чем архитектурой, и Адмиралтейство с двумя павильонами и гранитными лестницами. К нему ведут два главных проспекта Петербурга: Невский, Вознесенский и Гороховая улица. Наконец, за Адмиралтейством виднелась Английская набережная с ее великолепными зданиями, которая упирается в Новое Адмиралтейство.

Прямо передо мной находились Васильевский остров, Биржа, модное здание, построенное – не знаю почему – между двумя ростральными колоннами. Две ее полукруглые лестницы спускаются к самой Неве. Тут же неподалеку расположены всякие научные учреждения – Университет, Академия наук, Академия художеств и там, где река делает крутой изгиб, – Горный институт.

С другой стороны Васильевский остров, обязанный своим названием одному из приближенных Петра I по имени Василий, омывается Малой Невкой, отделяющей его от Вольного острова. Здесь, в прекрасных садах, за позолоченными решетками цветут в течение трех месяцев, что длится петербургское лето, всевозможные редчайшие растения, вывезенные из Африки и Италии; здесь же расположены роскошные дачи петербургских вельмож.

Если встать спиной к крепости, а лицом против течения реки, панорама меняется, по-прежнему оставаясь грандиозной. В самом деле, неподалеку от моста, где я стоял, находятся на одном берегу Невы Троицкий собор, а на другом – Летний сад.[1] Кроме того, я заметил слева от себя деревянный домик, в котором жил Петр I во время постройки крепости. Около этого домика до сих пор сохранилось дерево, к которому на высоте десяти футов прикреплен образ Богоматери.

Когда основатель Петербурга спросил у кого-то, до какой высоты поднимается вода в Неве во время наводнения, ему показали этот образ Божьей Матери, и он был готов отказаться от своего грандиозного плана основать здесь столицу. Дерево и прославленный домик окружены каменным строением с аркадами для защиты их от влияния времени и от разрушительного действия климата. Сам домик поражает своей удивительной простотой. В нем всего три комнаты: гостиная, столовая и спальня. Петр I строил город и не имел времени построить для себя дворец.

Дальше и по-прежнему слева от меня лежал старый Петербург с Военным госпиталем и Медицинской академией, а за ним деревня Охта и ее окрестности. На противоположном берегу, правее кавалергардских казарм, были расположены Таврический дворец под изумрудной крышей, артиллерийские казармы и старый Смольный монастырь.

Трудно сказать, сколько времени я оставался на мосту, восхищаясь этой дивной панорамой. Правда, при более внимательном рассмотрении всех этих дворцов и садов они кажутся оперной декорацией: колонны, производившие издали впечатление мраморных, были на самом деле кирпичными, но на первый взгляд

---

[1] …находятся на одном берегу Невы Троицкий собор, а на другом – Летний сад. – Деревянная церковь действительно стояла на этом месте (ныне площадь Революции). Церковь сгорела в 1903 г.

вид их был так восхитителен, что он превосходил все, что можно себе представить.

Пробило четыре часа, а меня предупреждали, что табльдот в гостинице начинается в половине пятого. Поэтому, к крайнему своему сожалению, я должен был вернуться домой. Назад я шел мимо Адмиралтейства, чтобы лучше рассмотреть колоссальный памятник Петру I, который раньше видел только издали, из моего окна.

При беглом знакомстве население Петербурга отличается одной характерной особенностью: здесь живут либо рабы, либо вельможи – середины нет.

Надо сказать, что сначала мужик не вызывает интереса: зимой он носит овчинный тулуп, летом – рубашку поверх штанов. На ногах у него род сандалий, которые держатся при помощи длинных ремешков, обвивающих ногу до самых колен. Волосы его коротко острижены, а борода – такая, какая ему дана природой. Женщины носят длинные полушубки, юбки и огромные сапоги, в которых нога совершенно теряет форму.

Зато ни в какой другой стране не встретишь среди народа таких спокойных лиц, как здесь. В Париже из десяти человек, принадлежащих к простому люду, лица пяти или шести говорят о страдании, нищете или страхе. В Петербурге я ничего подобного не видел.

Другая особенность, поразившая меня в Петербурге, – это свободное передвижение по улицам. Этим преимуществом город обязан трем большим каналам, по которым вывозят отбросы и доставляют продукты и дрова. Быстро несутся дрожки, кибитки, брички, рыдваны; только и слышишь на каждом шагу: «Погоняй!» Кучера чрезвычайно ловки и правят лошадьми отлично. На тротуарах никакой толчеи.

Среди жемчужин Петербурга первое место занимает памятник Петру I, воздвигнутый благодаря щедрости Екатерины II. Царь изображен верхом на коне, взвившемся на дыбы, – намек на московское дворянство, укротить которое ему было нелегко. Для завершения аллегории памятника скажу, что стоит он на дикой гранитной скале, которая должна указывать на те затруднения, какие пришлось преодолеть основателю Петербурга.

Часы пробили половину пятого, когда я в третий раз обходил решетку, окружающую памятник; мне пришлось оторваться от созерцания этого шедевра нашего соотечественника Фальконета,[1] иначе я рисковал бы оказаться без места за табльдотом.

…Весть о моем прибытии распространилась чуть ли не по всему городу благодаря моему попутчику, который, однако, не мог ничего сказать обо мне, кроме того, что я путешествовал на почтовых и не был учителем танцев. Эта новость должна была причинить беспокойство всей здешней французской колонии, члены которой боялись встретить во мне конкурента или же соперника.

Мое появление в столовой отеля вызвало шушуканье среди почтенных сотрапезников, почти сплошь французов, и каждый из них старался по моей фигуре и манерам определить, к какому кругу общества я принадлежу. Но разрешить эту задачу было нелегко. Я сделал общий поклон и занял свое место.

За супом к моему инкогнито, благодаря скромности первого произведенного мной впечатления, относились еще с некоторым уважением, но уже за жарким долго сдерживаемое любопытство прорвалось у моего соседа.

– Вы, вероятно, приезжий, сударь? – спросил он, протягивая мне свой стакан.

– Да, я приехал вечером, – ответил я, наливая ему вина.

– Вы наш соотечественник? – спросил мой сосед слева с наигранной сердечностью.

– Вполне возможно, я прибыл из Парижа.

– А я из Тура, из этого сада Франции, где, как вы знаете, говорят на самом чистом французском языке. Я приехал в Петербург, чтобы стать здесь учителем. Вы, вероятно, приехали не для этого? В

---

[1] …нашего соотечественника Фальконета… Этьен Морис Фальконе (1716–1791), выдающийся французский скульптор. Лучшее свое творение – памятник Петру I – создал в России.

противном случае я дал бы вам благой совет немедленно вернуться во Францию.

– Почему?

– Потому, что последняя ярмарка учителей в Москве оказалась весьма плохой.

– Ярмарка учителей? – переспросил я в изумлении.

– Да, сударь, разве вы не знаете, что несчастный Ле Дюк потерял в этом году половину своих клиентов?

– Сударь, – обратился я к своему соседу справа, – не откажите в любезности, объясните мне, кто этот Ле Дюк?

– Чрезвычайно почтенный ресторатор, который содержит одновременно контору учителей. Они живут у него на полном содержании, и он оценивает их согласно достоинствам. На Пасху и на Рождество, когда все знатные русские обыкновенно съезжаются в столицу, он открывает контору, подбирает места для своих учителей и таким образом возвращает все расходы по их содержанию да еще получает комиссионные. Так вот, сударь, в этом году треть его учителей осталась без места, и, кроме того, ему вернули шестую часть тех, которых он отправил в провинцию. Бедный человек совсем разорился.

– Вот как?!

– Вы сами видите, сударь, – продолжал учитель, – что если вы явились сюда в качестве гувернера, то выбрали плохой момент, так как даже туренцам, которые говорят на лучшем французском языке, и тем с трудом удалось устроиться.

– Можете быть вполне спокойны на этот счет, – ответил я, – у меня другая профессия.

Затем сидевший против меня господин, акцент которого изобличал в нем уроженца Бордо, обратился ко мне с такими словами:

– Со своей стороны, должен вас предупредить, сударь, что если вы торгуете вином, то здесь – это жалкое занятие, которое может вам обеспечить разве только достаточное количество воды для питья.

– Вот как? – удивился я. – Неужели русские всецело перешли на пиво, или, может быть, они завели где-нибудь собственные виноградники, например, на Камчатке?

– Пустяки! Если бы так, с ними еще можно было бы конкурировать, но дело в том, что настоящие русские баре покупать-то покупают, но платить – не платят.

– Я вам очень благодарен, сударь, за ваше сообщение. Что же касается моего товара, я уверен, что не обанкрочусь. Вином я не торгую.

Какой-то господин с сильным лионским акцентом, одетый, несмотря на жаркое лето, в немецкий сюртук с меховым воротником, вмешался в нашу беседу.

– Во всяком случае, – обратился он ко мне, – я вам посоветую, если вы торгуете сукном и мехами, приобрести лучший наш товар для себя: вид у вас не очень здоровый, а климат здешний для слабогрудых чрезвычайно опасен. За прошлую зиму здесь умерло пятнадцать французов. Именно на это я хотел обратить ваше внимание.

– Я буду осторожен, сударь. Я и в самом деле рассчитываю стать вашим покупателем и надеюсь, что вы отнесетесь ко мне как к соотечественнику…

– Разумеется, и с превеликим удовольствием! Я сам родом из Лиона, второй столицы Франции, и вы знаете, конечно, что мы, лионцы, пользуемся репутацией крайне добросовестных людей. Но раз вы не торгуете ни сукном, ни мехами…

– Да разве вы не видите, что наш дорогой соотечественник не желает говорить, кто он, – произнес сквозь зубы господин с завитой шевелюрой, от которого так и несло жасмином, – разве вы не видите, – повторил он, отчеканивая каждое слово, – что он не желает открыть нам свою профессию?

– Если бы я имел счастье обладать такой прической, как ваша, сударь, – ответил я, – и если бы она испускала такой же тонкий аромат, почтенное общество, вероятно, нисколько не затруднилось бы отгадать, кто я.

– Что вы хотите этим сказать, сударь? – вскричал завитой молодой человек.

– Я хочу сказать, что вы парикмахер.

– Милостивый государь, вы, кажется, желаете меня оскорбить?

– Разве это оскорбление, когда вам говорят, кто вы?

– Милостивый государь, – продолжал молодой человек, повышая голос и доставая из кармана свою визитную карточку, – вот мой адрес.

– Прекрасно, – сказал я, – но ваш цыпленок остынет.

– Вы отказываетесь дать мне удовлетворение?

– Вы желали знать мою профессию? Так вот, моя профессия не дает мне права драться на дуэли.

– Вы трус, милостивый государь!

– Нисколько, милостивый государь! Я учитель фехтования.

– О! – произнес завитой молодой человек и опустился на свое место.

Наступила тишина; мой собеседник пытался, но безуспешно, отрезать крылышко от своего цыпленка.

– Быть учителем фехтования, – сказал мне бордосец, – превосходная профессия. Я занимался немного фехтованием, когда был помоложе и поглупее.

– Эта отрасль искусства мало культивируется здесь, – сказал один из сотрапезников.

– Совершенно верно, – заметил, в свою очередь, лионец. – Но я посоветовал бы господину профессору надевать во время уроков фланелевый жилет и меховое пальто.

– Уверяю вас, дорогой соотечественник, – сказал молодой завитой господин, который не мог сам разрезать цыпленка и поручил сделать это своему соседу, – уверяю вас, дорогой соотечественник, ведь вы, кажется, изволили сказать, что вы парижанин…

– Да.

– Я тоже… Так вот, вы избрали великолепную профессию, ибо здесь, видимо, нет ни одного настоящего учителя фехтования, если не считать некоего престарелого актера. Вы увидите его, вероятно, на Невском проспекте. Он учит своих учеников всего четырем приемам. Я тоже начал было брать у него уроки, но с первых же шагов заметил, что он скорей годится мне в ученики, чем в учителя. Я тут же прервал эти уроки, заплатив ему половину того, что беру за одну прическу, и бедняк был этим очень доволен.

– Я знаю, сударь, кого вы имеете в виду. Как иностранец и француз, вы не должны были бы так говорить: негоже унижать соотечественника. Позвольте вам дать этот небольшой урок, за который никакой платы мне не следует, даже и половины того, что вы получаете за прическу. Как видите, я довольно щедр.

С этими словами я встал из-за стола, ибо мне успела наскучить здешняя французская колония и захотелось поскорее от нее избавиться. В одно время со мной поднялся какой-то молодой человек, ни слова не проронивший за обедом, и мы вышли вместе с ним.

– Мне кажется, сударь, – обратился он ко мне, улыбаясь, – вам не потребовалось долгого знакомства, чтобы составить себе мнение о наших дорогих соотечественниках?

– Совершенно верно, и могу вам сказать, что это мнение не в их пользу.

– Увы, – сказал он, пожимая плечами, – вот по каким образцам о нас, французах, судят в Петербурге. Другие нации посылают сюда лучших своих представителей, а мы же, к сожалению, шлем худших. Конечно, это выгодно для Франции, но весьма печально для французов.

– А вы живете здесь, в Петербурге? – спросил я его.

– Да, уже целый год. Но сегодня вечером я уезжаю.

– Неужели?

– Извините, но меня ждет экипаж. Честь имею кланяться.

– Ваш покорнейший слуга.

«Черт возьми, – подумал я, – мне определенно не везет: встретил одного порядочного соотечественника, да и тот уезжает в день моего приезда».

В своем номере я застал мальчика, приготовлявшего мне постель. В Петербурге, как и в Мадриде, принято отдыхать после обеда. Два летних месяца здесь более жаркие, чем в Испании.

Мне и в самом деле нужно было отдохнуть, так как я все еще чувствовал усталость после своего чудесного путешествия; кроме того, мне хотелось поскорее насладиться великолепными петербургскими ночами, о которых я так много был наслышан. Я спросил поэтому мальчика, не знает ли он, как достать лодку, чтобы покататься вечером по Неве. Тот ответил, что лодку достать легко, и, если я дам ему на чай десять рублей, он это устроит. Я уже умел разбираться в русских бумажных деньгах, дал ему красную бумажку и велел разбудить себя в девять часов вечера.

Красная бумажка оказала свое действие: ровно в девять мальчик постучался в дверь моего номера и сказал, что лодка готова.

Ночь была мягкая и светлая. Можно было легко читать и прекрасно все видеть даже на большом расстоянии. Дневная жара сменилась вечерней прохладой, воздух был насыщен ароматом цветов.

Весь город, казалось, высыпал на набережную. На Неве, против крепости, стоял огромный баркас, на котором было более шестидесяти музыкантов. Вдруг раздались звуки чудесной музыки. Я приказал своим двум гребцам подъехать как можно ближе к этому прекрасному громадному оркестру. Оказалось, что все музыканты играли на рожках. Впоследствии, когда я ближе познакомился с русским народом, меня перестала удивлять как роговая музыка, так и целые громадные деревянные дома, построенные плотниками с помощью одних только пил и топоров. Но в тот момент я слышал эту музыку впервые и был ею очарован.

Концерт на воде длился далеко за полночь. Уже было около двух часов утра, а я все еще не отъезжал от баркаса, готовый и дальше слушать эту чарующую музыку. Казалось, что концерт давался исключительно для меня и что он больше не повторится. Мне удалось поближе рассмотреть эти музыкальные инструменты. Они оказались обыкновенными рожками, из которых извлекают разнообразные звуки.

Я вернулся в гостиницу, когда уже было светло, в восторге от белой ночи, от превосходной музыки и широкой, как море, реки, отражавшей, подобно зеркалу, все звезды и все фонари.

Петербург в действительности превзошел мои ожидания, и если он не был парадизом, то, во всяком случае, чем-то сродни ему.

Я долго не мог заснуть. Музыка все еще раздавалась у меня в ушах. Я лег в три часа, а в шесть уже был на ногах.

Я достал на родине несколько рекомендательных писем, но намеревался вручить их не раньше, чем устрою публичный сеанс фехтования: мне не хотелось давать о себе объявление. Из писем я взял только одно, которое некий мой друг просил лично передать адресату. Письмо было от его любовницы, обыкновенной гризетки Латинского квартала, на конверте стоял адрес ее сестры, продавщицы в каком-то модном магазине: «Мадемуазель Луизе Дюпюи,[1] у мадам Ксавье. Магазин мод. Невский проспект, близ Армянской церкви, против базара».

Я предвкушал удовольствие, которое мне доставит передача этого письма. Вдали от Франции приятно встретить молодую, красивую соотечественницу, – а я знал, что Луиза молода и хороша собою. Кроме того, она успела узнать Петербург, так как жила здесь уже четыре года, и могла быть мне полезна своими советами.

---

[1] Прототипом образа Луизы Дюпюи послужила реальная личность – француженка Полина Гебль (1800–1876), приехавшая в Россию в 1823 г. и поступившая служить модисткой в Москве в торговый дом Дюманси. Здесь она познакомилась с И. А. Анненковым и впоследствии стала его женой. Некоторые события из жнзни Анненковой Дюма изложил неточно, вместе с тем он стремился воссоздать образ благородной, мужественной и преданной женщины, разделявшей со своим мужем все тяготы сибирской каторги.

Было еще очень рано, поэтому я решил прогуляться по городу и вернуться на Невский только часов в пять пополудни.

Я позвал мальчика, но вместо него явился лакей. Лакеи здесь служат одновременно и слугами и проводниками: они чистят сапоги и показывают дворцы. Я позвал его для первой услуги, что же касается второй, то еще во Франции я настолько изучил Санкт-Петербург, что знал о здешних дворцах, во всяком случае, не меньше его.

Глава вторая

Мне не приходилось беспокоиться об извозчике, как вчера – о лодке. Как ни мало я знал Петербург, но успел заметить, что на каждом перекрестке здесь имеются стоянки кибиток и дрожек. Таким образом, едва я дошел через Адмиралтейскую площадь до Александровской колонны, как по первому моему знаку был окружен извозчиками. Они наперебой предлагали мне свои услуги. Таксы в Петербурге не существовало, мы сторговались: за пять рублей извозчик будет в моем распоряжении весь день. Я велел ему ехать прежде всего к Таврическому дворцу.

Извозчики в Петербурге – это обыкновенные крепостные, которые за известную сумму денег, называемую оброком, покупают у своих помещиков разрешение попытать счастья в Петербурге. Экипаж их – обыкновенные дроги на четырех колесах, в которых сиденье устроено не поперек, а вдоль, так что сидят на нем верхом, как дети на своих велосипедиках у нас на Елисейских Полях.

В этот экипаж впряжена лошадь не менее дикая, чем ее хозяин, и привезенная из родных степей нередко за тысячи верст. Извозчик относится к своей лошади с чувством жалости и, вместо того чтобы ее бить, как это делают наши французские извозчики, беседует с нею еще более ласково, чем испанский погонщик мулов – со своими мулами. Лошадь для него – мать, тетка, ребенок. Он сочиняет для нее песни, в которых называет ее самыми ласкательными именами. И животное, чувствительное, по-видимому, к такому обращению, безостановочно бегает по городу, останавливаясь только для того, чтобы поесть из деревянных колод, устроенных на всех улицах.

Что касается самого извозчика, он очень напоминает неаполитанского лаццарони: нет нужды знать русский язык, чтобы объясняться с ним – с такой проницательностью он угадывает желания седока. Он помещается на облучке между седоком и лошадью, а порядковый номер прикреплен к его спине, дабы недовольный седок мог в любое время его снять. В таких случаях достаточно отнести или отослать номер в полицию, и вы можете быть уверены, что за свою вину извозчик понесет должное наказание. Такая предосторожность, как это видно из дальнейшего, вовсе не лишняя, и молва о происшествии, имевшем место в Москве зимою 1823 года, все еще передается в Петербурге из уст в уста.

Некая француженка, госпожа Л., возвращалась к себе домой поздно ночью. Она не хотела идти пешком и не желала, чтобы ее сопровождал слуга, которого ей предлагали знакомые, где она была в гостях. Послали за извозчиком, она дала ему свой адрес и уехала.

Кроме золотой цепи и бриллиантовых серег, извозчик успел заприметить, что на госпоже Л. была прелестная дорогая шубка. Пользуясь темнотою ночи, окружающим безлюдьем и рассеянностью госпожи Л., которая, закутавшись в шубу, не видела, по каким улицам едет извозчик, последний привез ее на край города. Госпожа Л. увидела, что извозчик завез ее бог знает куда. Она стала звать, кричать, но извозчик, вместо того чтобы остановиться, погнал еще быстрее. Тогда она сорвала с него номер и бросилась бежать.

Извозчик соскочил с козел и погнался за нею. Госпожа Л. добежала до находившейся неподалеку открытой калитки какого-то кладбища. Ей приходилось думать уже не о драгоценностях и шубе, а о спасении собственной жизни. К счастью, ночь была так темна, что в двух шагах ничего не было видно. Вдруг госпожа Л. почувствовала, что куда-то проваливается. Она действительно упала в свежевырытую могилу, приготовленную для завтрашних похорон. Она мигом сообразила, что эта могила – ее спасение, и молча притаилась в ней. Извозчик продолжал бегать, искать ее, но безуспешно.

После долгих поисков он наконец уехал. Госпожа Л. оставалась в этой могиле, пока совсем не рассвело, а выбравшись из нее, тотчас же доставила номер извозчика в полицию. В течение трех дней извозчик укрывался в лесу под Москвой, однако голод и холод заставили его искать убежище в одной из подмосковных деревень. Но его номер и приметы уже были известны. Его схватили, наказали кнутом и сослали на каторгу.

Однако такие случаи редки: русский народ по природе своей добр, и нет, пожалуй, другой столицы, где грабежи были бы так редки, как в Петербурге. Более того, хотя русский мужик и склонен к воровству, он боится совершить кражу со взломом. Вы можете смело доверить ему запечатанный конверт с деньгами. Даже зная о них, он в целости доставит это письмо по назначению.

Не знаю, был ли вором или нет мой извозчик, но он явно страшился быть обворованным мною: недаром, подъезжая к Таврическому дворцу, он заявил мне, что здесь есть два выхода, а потому я должен дать ему в счет договоренных пяти рублей столько, сколько ему следует за проезд. В Париже я бы с возмущением ответил на такое оскорбление. В Петербурге же мне оставалось только рассмеяться, ибо такие вещи случаются здесь с более высокопоставленными лицами, чем я, и даже они не обижаются на извозчиков.

В самом деле, месяца два тому назад император Александр, по своему обыкновению гуляя пешком по городу, был застигнут дождем. Он взял извозчика и велел ему ехать в Зимний дворец. Приехав, царь стал искать деньги в карманах и не нашел там ни копейки. Тогда он сказал извозчику:

– Подожди, я вышлю тебе деньги.

– Ну, нет, – отвечал извозчик, – шалишь!

– Как это шалишь? – спросил государь удивленно.

– Да так.

– В чем дело?

– Вот что, барин, тут несколько выходов. Сколько раз я ни привозил сюда господ, а они уходили через другие двери и мне ничего не платили.

– Вот как, да ведь это Зимний дворец.

– Да, да, только большие господа, видно, очень беспамятны.

– Почему же ты не жаловался на этих обманщиков? – спросил Александр, которого очень забавляла эта сцена.

– Эх, барин, что же мы можем поделать с господами! С нашим братом, – он указал на свою бороду, – это точно, справиться можно, а с господами, которые бриты, – ничего не поделаешь. Ваше сиятельство, поищите-ка получше у себя в карманах. Авось найдется, чем заплатить.

– Вот что, – сказал Александр, снимая с себя пальто, – возьми мое пальто в залог. Человек вынесет тебе деньги, а ты отдашь ему пальто.

– Что правильно, то правильно, ваша честь!

Спустя несколько минут лакей вынес извозчику сто рублей: император заплатил ему разом и за себя и за тех, кто ранее обманывал его.

Я дал своему извозчику все пять рублей, довольный тем, что могу оказать ему больше доверия, чем он мне. Правда, я знал его номер, а он моего не знал.

Таврический дворец с его великолепной обстановкой, статуями, озерами с золотыми рыбками и прочим был подарен Потемкиным[1] его могущественной повелительнице Екатерине II в память завоевания страны, имя которой он носил. Самой интересной была не пышность этого подарка, а строжайшая тайна, в которой он готовился.

В столице совершилось чудо: Екатерина ничего не знала о постройке этого дворца. Однажды Потемкин пригласил ее к себе на вечер, и императрица вместо знакомых ей лугов увидела волшебный дворец, окруженный садами, – дворец, как бы созданный феями.

Потемкин являл собой живой пример князя-выскочки, которых много было в царствование Екатерины II. Но и сама императрица также была выскочкой. Потемкин был унтер-офицером одного из

---

[1] Потемкин Григорий Александрович (1739–1791) – русский государственный деятель и дипломат, фельдмаршал (с 1784 г.). Фаворит императрицы Екатерины II. Участник первой русско-турецкой войны (1768–1774) и главнокомандующий русскими войсками во второй войне с Турцией (1787–1791).

гвардейских полков, Екатерина – мелкой немецкой принцессой, и оба они стали знамениты. Случай свел их.

Первое время Потемкин мечтал о Курляндском герцогстве и даже о польской короне, но потом оставил эти мысли. Впрочем, разве корона дала бы ему больше могущества, чем то, которым он обладал? Разве придворные не склонялись перед ним, как перед монархом? Разве на одной только левой руке у него не было больше бриллиантов, чем на царской короне? Разве он не имел специальных курьеров, которых посылал за стерлядями на Волгу, за арбузами в Астрахань, за виноградом в Крым, за цветами – повсюду, где имелись красивые цветы, и разве в числе других драгоценных подарков он не подносил ежегодно императрице, в день Нового года, блюдо свежих вишен, стоившее десять тысяч рублей?

Он беспрестанно создавал и разрушал, когда же не делал ни того ни другого, то всюду вносил смятение и вместе с тем биение жизни. Ничтожество становилось чем-то лишь в его отсутствие, при нем же все отступало в тень.

Принц де Линь[1] говорил, что в Потемкине есть что-то великое, романтическое и варварское. И он был прав.

Смерть его была так же необыкновенна, как и жизнь, кончина так же неожиданна, как и возвышение. Он провел целый год в Петербурге среди бесконечных празднеств и оргий, полагая, что сделал достаточно для своей славы и для славы Екатерины, ибо ему удалось отодвинуть границы России за пределы Кавказа. Вдруг он узнает, что престарелый Репнин,[2] воспользовавшись его отсутствием,

---

[1] Принц де Линь (1735–1814) – французский государственный деятель. В 1782 г. находился в России для выполнения ряда поручений французского правительства. Сопровождал Екатерину в ее поездке в Крым.

[2] Репнин Николай Васильевич (1734–1801) – князь, русский военачальник, дипломат, генерал-фельдмаршал (1796). Во время русско-турецкой войны (1768–1774) командовал дивизией в сражениях при Ларге и Кагуле. В период русско-турецкой войны 1787–1791 гг. командовал дивизией и успешно исполнял

разбил турок и принудил их к заключению невыгодного мира, иными словами, сделал за два месяца больше, чем он, Потемкин, за три года.

С этой минуты Потемкин не знает покоя: он, правда, болен, но все же должен спешить туда, на юг. Болезни своей он не боится, его крепкий организм победит ее. Он приезжает в Яссы, свою столицу, оттуда направляется в завоеванный им Очаков. Проехав несколько верст, он начинает испытывать удушье, выходит из экипажа, ложится на расстеленный на земле плащ и умирает у края дороги.

Екатерина чуть не скончалась от горя, получив известие о его смерти.

Таврический дворец, в котором в те дни жил великий князь Михаил,[1] служил некогда временным местопребыванием королевы Луизы, которая надеялась когда-то победить своего победителя.[2] Увидя ее в первый раз, Наполеон сказал ей:

– Я знал, что вы красивейшая из императриц, но не знал, что вы красивейшая из женщин.

Милостивое расположение корсиканского героя не было, однако, продолжительно. Однажды Луиза держала в руках розу.

– Подарите мне эту розу, – сказал Наполеон.

– Подарите мне Магдебург, – отвечала королева.

– О нет, – воскликнул Наполеон, – это слишком дорого!

В негодовании королева бросила на пол розу и не получила Магдебурга.

обязанности главнокомандующего русскими войсками во время отсутствия Г. А. Потемкина.

[1] Великий князь Михаил Павлович (1798–1849) – генерал, начальник 1-й гвардейской дивизии.

[2] …королевы Луизы, которая надеялась когда-то победить своего победителя.– Луиза-Августа-Вильгельмина (1776–1810), прусская королева, супруга Фридриха-Вильгельма III. В битве при Иене (1806) Наполеон нанес полное поражение прусской армии, после чего оккупировал всю Пруссию. Королева Луиза лично обратилась с просьбой к Наполеону о более ограниченных требованиях и условиях мира, но ее усилия были тщетны.

Осмотрев Таврический дворец, я отправился через Троицкий мост к домику Петра I, который видел до сих пор лишь издали.

Национальное русское чувство сохранило этот памятник в его первоначальном виде: столовая, гостиная и спальня как бы ждут возвращения царя. Во дворе стоит построенный самим саардамским плотником ботик, в котором он разъезжал по Неве, появляясь в тех местах возникающего города, где его присутствие было необходимо.

Неподалеку от домика Петра I находится и место его вечного упокоения. Тело его, как и других царей, покоится в Петропавловском соборе, расположенном посреди крепости. Собор этот, золотой шпиль которого дает превратное представление о его величине, в действительности мал и неказист по архитектуре. Его значение заключается единственно в том, что он служит усыпальницей русских царей. Могила Петра I расположена у боковой двери справа. В соборе собрано более семисот знамен, отнятых Петром у турок, шведов и персов.

По Тучкову мосту я переправился на Васильевский остров. Самыми замечательными зданиями являются здесь Биржа и Академия. Я прошел мимо этих зданий и по Исаакиевскому мосту и Вознесенскому проспекту дошел до Фонтанки, а оттуда направился в католическую церковь, где нашел у алтаря, посреди клира, могилу Моро[1] с ее простой надгробной плитой.

Я побывал затем в Казанском соборе, важнейшем петербургском храме, двойная колоннада которого построена по образцу колоннады

---

[1] Моро Жан Виктор (1763–1813) – талантливейший полководец французской армии, одержавший ряд блистательных побед во времена Первой республики, Директории, Консульства, убежденный республиканец, осуждавший деспотизм Наполеона. Был изгнан из Франции, несколько лет провел в Америке, затем по предложению императора Александра I принял участие в войне России, Пруссии, Австрии против Наполеона. В сражении при Дрездене 27 августа 1813 г. Моро был убит ядром, которое лично выпустил, подойдя к батарее, Наполеон. Тело Моро было перевезено в Россию, его прах и поныне покоится в католическом соборе Св. Екатерины на Невском проспекте.

собора Св. Петра в Риме. Снаружи собор оштукатурен, а внутри его сплошь бронза, мрамор и гранит. Двери медные или из массивного серебра, стены облицованы мрамором, пол из яшмы.

Достопримечательностей на один день было более чем достаточно. Я нанял извозчика и дал ему адрес мадам Ксавье; пора было отвезти письмо моей прекрасной соотечественнице. Прибыв на место, я узнал, что особа эта уже не служит у госпожи Ксавье, а живет на Мойке, при магазине Оржело. Найти ее было нетрудно.

Десять минут спустя я был возле указанного дома. Решив пообедать в ресторане напротив, который, судя по фамилии владельца, принадлежал французу, я отпустил извозчика и зашел в магазин, где осведомился о Луизе Дюпюи.

Одна из барышень спросила, что мне надобно от мадемуазель Дюпюи: желаю ли я купить что-нибудь или у меня есть к ней личное дело. Я ответил, что явился по личному делу.

Она тут же встала и провела меня во внутренние покои.

Глава третья

Я очутился в маленьком будуаре, обитом азиатскими тканями, где моя соотечественница лежала на кушетке и читала роман. При виде меня она поднялась и спросила:

– Вы француз?

Я извинился, что являюсь к ней в час послеобеденного отдыха. Прибыв накануне, я еще не был знаком с местными обычаями. Затем я передал ей письмо.

– О, это от моей сестры! – вскричала она. – Милая Роза, как я рада известию от нее! Вы, стало быть, знакомы с ней? Здорова ли она и по-прежнему ли хороша?

– Что она хороша собою, я могу засвидетельствовать, – отвечал я, – что же касается здоровья, то, надеюсь, она здорова. Я видел ее всего один раз, письмо же передал мне ее друг.

– Господин Огюст?

– Да.

– Милая сестренка, она, вероятно, очень довольна мной, ведь я послала ей прекрасные ткани и еще кое-что. Я приглашала ее приехать сюда, но…

– Но?

– Но в таком случае ей пришлось бы расстаться с господином Огюстом, а этого она не захотела. Садитесь, пожалуйста.

Я собрался было опуститься в кресло, но Луиза пригласила меня сесть на кушетку около нее. Я повиновался. Она углубилась в чтение письма, и у меня было достаточно времени, чтобы рассмотреть ее.

Женщины обладают одной удивительной способностью, свойственной только им, способностью, так сказать, преображаться. Передо мною была обыкновенная парижская гризетка, которая по воскресеньям ходила, вероятно, танцевать в «Прадо». Но достаточно было пересадить ее, как растение, на другую почву, чтобы она расцвела среди окружающей ее роскоши и богатства. Можно было подумать, что она родилась ь этой обстановке. Я был хорошо знаком с представительницами того почтенного класса, к которому она принадлежала, но не находил в ней ничего, что напоминало бы о ее низком происхождении и об отсутствии у нее должного воспитания.

Перемена была настолько разительна, что при виде этой красивой женщины, причесанной на английский манер, ее простого белого пеньюара и крошечных турецких туфелек, при виде, наконец, ее грациозной позы, словно нарочно выбранной художником, чтобы писать ее портрет, я смело мог вообразить себя в будуаре какой-нибудь элегантной аристократки из Сен-Жерменского предместья, но никак не в задней комнате модного магазина.

– В чем дело? – спросила меня Луиза, окончившая чтение письма и удивленная тем, что я так пристально смотрю на нее.

– Я любуюсь вами и думаю.

– О чем?

– Я думаю, что если бы мадемуазель Роза, вместо того чтобы героически хранить верность господину Огюсту, каким-то чудом оказалась в этом прелестном будуаре и увидела бы вас в эту самую минуту, она не бросилась бы в ваши объятия, а упала бы на колени, думая, что перед ней королева.

– Ваша похвала чрезмерна, – сказала, улыбаясь, Луиза. – В ваших словах верно лишь то, что я действительно переменилась. Да, очень переменилась, – добавила она со вздохом.

В комнату вошла молодая девушка из магазина.

– Сударыня, – сказала она, – «государыня» желает иметь такую же шляпу, какую вы сделали княгине Долгоруковой.

– Сама «государыня» здесь?

– Да.

– Попросите ее в салон. Я сейчас приду.

Девушка вышла.

– Вот что напомнило бы Розе, – сказала Луиза, – что я всего только бедная модистка. Но если вы желаете увидеть поразительную перемену, поднимите кончик ковра и понаблюдайте в эту стеклянную дверь.

С этими словами она ушла в салон, оставив меня одного. Я воспользовался ее разрешением и, осторожно подняв угол ковра, прильнул к стеклу.

Та, которую звали «государыней», оказалась молодой красивой женщиной двадцати двух – двадцати трех лет, с восточным типом лица: шея, уши и руки ее были усыпаны бриллиантами. Она опиралась на одну из своих служанок и, остановившись около дивана, сделала Луизе знак подойти. На скверном французском языке она велела ей показать самые лучшие и дорогие шляпы. Луиза тут же велела подать ей самые нарядные шляпы. «Государыня»[1] примеряла их одну за другой, все время смотрясь в зеркало, которое держала перед ней сопровождавшая ее девушка, но ни одна шляпа ей не понравилась, так как не было точно такой, как у княгини Долгоруковой. Луиза предложила сделать ей точно такую же.

«Государыня» потребовала, чтобы новая шляпа была ей доставлена на следующий день утром. Луиза обещала, хотя для этого нужно было проработать всю ночь. «Государыня» удалилась, опираясь на руку сопровождавшей ее служанки. Луиза проводила ее до дверей и вернулась ко мне.

– Ну как? – спросила она меня, смеясь. – Что вы скажете об этой женщине?

– Скажу, что она очень хороша собою.

– Я не об этом вас спрашиваю. Что вы думаете о ней, кто она?

– Если бы я видел ее в Париже, с ее странными манерами, с потугами изображать из себя великосветскую даму, я подумал бы, что она отставная балерина, находящаяся на содержании у какого-нибудь лорда…

[1] «Государыня» — Имеется в виду Настасья Федоровна Минкина, домоправительница и любовница Аракчеева, жившая в его имении в Грузине (Новгородская область). Местные крестьяне, возмущенные ее жестокостью, убили Минкину в 1825 г.

– Недурно для новичка, – сказала Луиза, – вы почти угадали. Эта красивая грузинка, что теперь с такой безразличной, скучающей миной ходит по персидским коврам, еще недавно была крепостной девкой, которую некий министр, фаворит императора, сделал своей любовницей.[1] Эта метаморфоза произошла с ней всего четыре года тому назад, и, однако, девка уже забыла о своем происхождении. Или, лучше сказать, она вспоминает о нем в часы своего туалета, когда только и делает, что мучает прежних товарок, для которых стала теперь грозою. Слуги уже не смеют называть ее по имени, а величают «государыней». Вы слышали, как мне доложили о ее приходе? А вот пример жестокости этой выскочки, – продолжала Луиза, – недавно, когда она раздевалась, у нее под рукой не оказалось подушки для булавок. Что же вы думаете? Она воткнула булавку в грудь одной из своих горничных. Однако история эта наделала столько шума, что о ней узнал император. Но довольно о себе и о других: вернемся к вам. Позвольте мне, в качестве вашей соотечественницы, спросить, что, собственно, привело вас в Петербург. Быть может, я смогу вам быть полезной хотя бы советом, ведь я живу здесь уже четыре года.

– Сомневаюсь. И все же в благодарность за ваше участие скажу, что я приехал сюда в качестве учителя фехтования. А что, в Петербурге часто бывают дуэли?

– Нет, так как здесь дуэли почти всегда оканчиваются смертью; кроме того, и участники и свидетели дуэли знают, что их ожидает ссылка в Сибирь, а это охлаждает их пыл. Но неважно: недостатка в учениках у вас не будет. Позвольте мне только дать вам совет.

– Пожалуйста.

– Постарайтесь добиться высочайшего назначения в качестве учителя фехтования в какой-нибудь полк. Вы станете, таким образом, военным, а военная форма – здесь все.

---

[1] …министр, фаворит императора, сделал своей любовницей. – Имеется в виду Аракчеев Алексей Андреевич (1769–1834), всесильный временщик при Павле I и Александре I, крайний реакционер. В 1808 г. был назначен военным министром, в 1810 г. – председателем департамента военных дел Государственного совета.

– Ваш совет недурен. Но гораздо легче дать его, чем последовать ему.

– Отчего?

– Как мне добраться до императора? Ведь у меня нет никакой протекции!

– Я подумаю об этом.

– Вы?

– Это вас удивляет? – спросила Луиза, улыбаясь.

– Нет, меня ничто не удивит с вашей стороны: я считаю вас настолько очаровательной, что уверен, вы добьетесь всего, чего бы ни захотели. Только я ничего не сделал, чтобы заслужить такое внимание с вашей стороны.

– Вы ничего не сделали? А разве вы не мой соотечественник? Разве вы не привезли мне письмо от моей дорогой Розы? Разве не вы доставили мне величайшее удовольствие, напомнив наш милый Париж?.. Надеюсь, я вас еще увижу.

– Приказывайте, я приду.

– Ну, когда?

– Если позволите, завтра.

– Хорошо, в тот же час, так как это наиболее свободное для меня время.

– Прекрасно, так до завтра.

Я расстался с Луизой, плененный ею и чувствуя, что уже не одинок в Петербурге, где она стала для меня ценной опорой. В дружбе женщины есть столько неизъяснимого очарования, что она невольно пробуждает в нас надежду.

Я пообедал против магазина Луизы у ресторатора по фамилии Талон, но не обнаружил ни малейшего желания заговорить с кем-либо из соотечественников, которых узнаешь всюду по громкому разговору и необычайной легкости, с какой они болтают о своих делах. Я был настолько поглощен своими мыслями, что если бы в эту минуту кто-нибудь подошел ко мне, он показался бы мне наглецом, желающим лишить меня части моих мечтаний.

Как и накануне, я нанял лодку с двумя гребцами и провел ночь на воде, наслаждаясь прелестной роговой музыкой и созерцая звезды в высоком небе.

Я вернулся домой в два часа, а в семь был уже на ногах. Желая поскорей закончить свое знакомство с местными достопримечательностями, чтобы потом всецело отдаться своим делам, я попросил лакея нанять для меня дрожки, в которых и отправился обозревать Петербург. Я побывал в Александро-Невской лавре, где видел раку Александра Невского с ее молящимися фигурами из массивного серебра почти в натуральную величину, заехал в Академию наук, где осмотрел замечательную коллекцию минералов, знаменитый Готторпский глобус,[1] подаренный датским королем Фридрихом IV Петру I, кости мамонта, современника всемирного потопа, найденные на Белом море путешественником Михаилом Адамсом.[2]

Все это было очень интересно, и все же я поминутно смотрел на часы, думая о времени, когда опять увижусь с Луизой.

Наконец, в четыре часа, я уже не мог более ждать. Я поехал на Невский, рассчитывая погулять там часок, до пяти. Но у Екатерининского канала мне пришлось остановиться, потому что улица была запружена огромной толпой. Такое скопление народа в Петербурге было редчайшим явлением. Поэтому я отпустил извозчика и пошел узнать, в чем дело. Оказалось, что вели в тюрьму

---

[1] Готторпский глобус – знаменитый глобус диаметром более 3 метров был подарен Петру I шлезвигголштинским герцогом в знак благодарности за спасение города Тепинтена от шведов (1713). Глобус был создан голштинским мастером А. Бушем, сгорел в 1747 г., восстановлен в первозданном виде русским мастером Тирютиным. С 1901 г. находился в Пушкине (бывш. Царском Селе). В годы Великой Отечественной войны гитлеровцы увезли его в Любек, и только в 1948 г. этот уникальный экспонат вновь установлен в башне Кунсткамеры.

[2] Адамс Михаил Фредерик (1780–1830) – профессор Московского университета. В 1806 г. у берегов Ледовитого океана близ устья Лены обнаружил целый скелет мамонта, ставший достопримечательностью музея Академии наук.

какого-то преступника, схваченного самим Горголи,[1] петербургским полицеймейстером. Обстоятельства этого дела настолько интересны, что я хочу рассказать о них подробнее.

Горголи был одним из красивейших мужчин столицы и отважнейших генералов русской армии. По прихоти судьбы некий крупный мошенник был похож на него как две капли воды. Пройдоха решил использовать это сходство: он надел генеральскую форму, серую шинель с большим воротником, какую носил Горголи, достал экипаж и лошадей, в точности похожих на экипаж градоначальника, одел кучера точно так же, как одевался кучер Горголи, и в таком виде явился к богатому купцу на Большую Миллионную улицу.

– Узнаете меня? – спросил он. – Я Горголи, петербургский полицеймейстер.

– Как же, узнаю, ваше превосходительство.

– Мне немедленно нужны двадцать пять тысяч рублей. Не хочу ехать домой, так как дорога каждая минута. Дайте мне, пожалуйста, эту сумму и пожалуйте завтра утром ко мне, чтобы получить ее.

– Ваше превосходительство, – сказал купец, весьма польщенный вниманием полицеймейстера, – быть может, вам угодно больше?

– Э… ну, хорошо, дайте тридцать тысяч.

– С удовольствием, ваше превосходительство.

– Мерси! Завтра в девять часов жду вас у себя.

Мошенник тут же садится в свой экипаж и уезжает галопом по направлению к Летнему саду.

На другой день в назначенный час купец является к Горголи, который встречает его со своей обычной предупредительностью и спрашивает, по какому он делу.

Этот вопрос ошеломил купца, который только тут заметил разницу во внешности полицеймейстера и того, кто был у него накануне.

---

[1] Горголи Иван Саввич (1770–1862) – обер-полицеймейстер Петербурга (1811–1821), сенатор (1825–1858).

– Ваше превосходительство, – говорит он полицеймейстеру, – помогите, меня обворовали!

И рассказывает об обмане, жертвой которого он стал. Полицеймейстер внимательно выслушивает его, приказывает подать экипаж и надевает свою серую шинель. Затем он велит купцу еще раз во всех подробностях повторить всю историю и лично отправляется ловить мошенника.

Прежде всего Горголи едет на Большую Миллионную улицу и спрашивает будочника:

– Вчера я проезжал здесь в третьем часу дня. Ты видел меня?

– Так точно, ваше превосходительство.

– А видел ты, куда я отправился дальше?

– К Троицкому мосту, ваше превосходительство.

– Хорошо.

Генерал направляется к Троицкому мосту. При въезде на мост он спрашивает у другого будочника:

– Вчера я был здесь в начале четвертого часа. Ты видел меня?

– Видел, ваше превосходительство.

– Куда я держал путь?

– Вы изволили проехать по мосту, ваше превосходительство.

– Хорошо.

Горголи переехал на другую сторону реки и опять спросил у будочника, стоявшего у противоположного конца моста:

– Видел ты меня здесь вчера в половине четвертого?

– Так точно, ваше превосходительство, видел.

– Куда я направлялся?

– На Выборгскую сторону, ваше превосходительство.

– Хорошо.

Горголи едет дальше, решив преследовать преступника до конца. У военного госпиталя он опять спрашивает будочника. Последний направляет его к кабакам. Оттуда он едет по Воскресенскому мосту, Большому проспекту и в последний раз спрашивает будочника:

– Видел ты меня вчера около пяти часов?

– Так точно, ваше превосходительство.

– Куда я поехал?

– На Екатерининский канал, ваше превосходительство, в дом № 19.

– Я зашел туда?

– Так точно, ваше превосходительство.

– Видел ты, чтобы я вышел оттуда?

– Никак нет, ваше превосходительство.

– Хорошо. Позови на свое место другого будочника, а сам беги в ближайшую казарму и возвращайся сюда с несколькими вооруженными солдатами.

– Слушаю, ваше превосходительство.

Будочник убежал и минут через десять явился в сопровождении солдат.

Генерал подходит с ними к указанному дому, велит закрыть все выходы, расспрашивает дворника и узнает, что похожий на него человек действительно живет во втором этаже этого дома. Горголи идет туда, стучит, ему не открывают, он приказывает взломать дверь и сталкивается лицом к лицу со своим двойником, который приходит в ужас от этого посещения, причину которого он, конечно, знает, во всем сознается и тут же возвращает все тридцать тысяч рублей.

Мы видим, что в известном отношении Петербург не далеко ушел от Парижа.

Это происшествие, при финале которого я случайно присутствовал, задержало меня минут на двадцать. Еще через двадцать минут я уже мог отправиться к Луизе, что я и сделал. По мере того как я приближался к ее дому, сердце мое билось все сильнее. А когда я спросил в магазине, можно ли видеть Луизу, голос мой так дрожал, что я должен был дважды повторить свой вопрос.

Луиза ждала меня в будуаре.

Глава четвертая

Луиза встретила меня с той изящной непринужденностью, которая свойственна только нам, французам. Протянув мне руку, она усадила меня около себя.

– Ну вот, – сказала Луиза, – я уже позаботилась о вас.

– О, – пробормотал я с таким выражением, которое заставило ее улыбнуться, – не будем говорить обо мне, а поговорим лучше о вас.

– Обо мне? Разве я для себя хлопочу о месте учителя фехтования? Что же вы хотите сказать обо мне?

– Я хочу вам сказать, что со вчерашнего дня вы меня сделали счастливейшим человеком, что теперь я ни о ком и ни о чем не думаю, кроме вас, что я всю ночь не сомкнул глаз, боясь, что час нашего свидания никогда не настанет.

– Но, послушайте, это форменное объяснение в любви.

– Рассматривайте мои слова, как вам будет угодно. Говорю вам не только то, что думаю, но и то, что чувствую.

– Вы шутите?

– Клянусь честью, нет.

– Вы говорите серьезно?

– Совершенно серьезно.

– В таком случае я должна с вами объясниться.

– Со мной?

– Дорогой соотечественник, я думаю, что между нами могут быть только чисто дружеские отношения.

– Почему?

– Потому, что у меня есть друг сердца. А на примере моей сестры вы могли убедиться, что верность – наш семейный порок.

– О я несчастный!

– Нет, вы не несчастны! Если бы я дала возможность окрепнуть вашему чувству, вместо того чтобы с корнем вырвать его из вашего сердца, вы были бы действительно несчастны, но теперь, слава богу, – улыбнулась она, – время еще не потеряно и я надеюсь, что ваша «болезнь» не успела развиться.

– Не будем больше говорить об этом!

– Напротив, поговорим об этом. Вы встретитесь, конечно, у меня с человеком, которого я люблю, и вы должны знать, как и почему я полюбила его.

– Благодарю вас за доверие…

– Вы уязвлены, – сказала она, – и совершенно напрасно. Дайте мне руку, как хорошему товарищу.

Я пожал руку Луизы и, желая показать ей, что вполне примиряюсь со своей участью, проговорил:

– Вы поступаете вполне лояльно. Ваш друг, вероятно, какой-нибудь князь?

– О нет, – улыбнулась она, – я не так требовательна: он только граф.

– Ах, мадемуазель Роза, – воскликнул я, – не приезжайте в Петербург: вы вскоре забудете здесь Огюста!

– Вы осуждаете меня, даже не выслушав, – сказала Луиза. – Это дурно с вашей стороны. Вот почему я хочу вам все рассказать. Впрочем, вы не были бы французом, если бы приняли мои слова иначе.

– Надеюсь, ваше благосклонное отношение к русским не помешает вам справедливо отнестись к вашим соотечественникам?

– Я не хочу быть несправедливой ни к тем ни к другим. Я сравниваю, вот и все. Каждая нация имеет свои недостатки, которых сама не замечает, потому что они глубоко укоренились в ее натуре, но их хорошо замечают иностранцы. Наш главный недостаток – это легкомыслие. Русский, у которого побывал француз, никогда не говорит, что у него был француз, а выражается так: «У меня был сумасшедший». И не нужно говорить, какой это сумасшедший: все знают, что речь идет о французе.

– А русские – без недостатков?

– Конечно, нет, но их обыкновенно не замечают те, кто пользуется их гостеприимством.

– Спасибо за урок.

– Ах, боже мой, это не урок, а совет! Раз вы хотите остаться здесь надолго, вы должны стать другом, а не врагом русских.

– Вы правы как всегда.

– Разве я не была когда-то такою же, как вы? Разве я не давала себе слово, что никогда ни один из этих вельмож, столь подобострастных с царем и столь заносчивых с подчиненными, не добьется моего расположения? И не сдержала слова. Не давайте же никаких клятв, чтобы не нарушить их, как нарушила я.

– Вероятно, – спросил я Луизу, – вы долго боролись с собой?

– Да, борьба была трудная и долгая и чуть не окончилась трагически.

– Вы надеетесь, что любопытство восторжествует над моей ревностью?

– Нет, мне попросту хочется, чтобы вы знали правду.

– В таком случае говорите, я вас слушаю.

– Я служила раньше, – начала Луиза, – как вы уже знаете из письма Розы, у мадам Ксавье, самой известной хозяйки модного магазина в Петербурге. Вся знать столицы покупала у нее. Благодаря моей молодости и тому, что называют красотой, а больше всего тому, что я француженка, у меня, как вы, вероятно, догадываетесь, не было недостатка в поклонниках. Между тем, клянусь вам, даже самые блестящие предложения не производили на меня ни малейшего впечатления. Так прошло полтора года.

Два года тому назад перед магазином мадам Ксавье остановилась коляска, запряженная четверкой. Из нее вышли дама лет сорока пяти – пятидесяти, две молодые девушки и молодой офицер, корнет кавалергардского полка. Это была графиня Анненкова[1] со своими

[1] Дюма ошибочно приписал графский титул И. А. Анненкову. Анненков Иван Александрович (1803–1878) был поручиком

лейб-гвардейского кавалерийского полка. Большое влияние на формирование политических взглядов Анненкова оказала основанная Пестелем в Петербурге ячейка революционеров, подчиненная руководителю Южного общества. «Члены этой аристократической ячейки легко могли увлечься политическим радикализмом и республиканизмом, проповедываемым и Пестелем. В этом отношении „Русская Правда" показалась им несравненно созвучнее, нежели буржуазная „Конституция" Никиты Муравьева, которую Анненков читал около того же времени у Рылеева. Их особенно увлекала идея „тираноубийства", и они вдохновенно обсуждали планы цареубийства, которое непременно ассоциировалось в их представлении с блестящей большой залой, залитой огнями и наполненной нарядной толпой. Характерно, что и сам Анненков, из всего своего декабристского прошлого, запомнил только вызов Вадковского на цареубийство»(Воспоминания Полины Анненковой. С. 20.).
В обвинительном документе об Анненкове сказано: «За участвование в умысле на цареубийство согласием и принадлежа к тайному обществу с знанием цели по Высочайшей Его Императорского Величества конфирмации, последовавшей в день 10 июля 1826 г., лишен чинов, дворянского достоинства, осужден в ссылку, в каторжную работу на 20 лет»(Там же. С. 280.).

Возвратившись в Нижний Новгород, Анненков, подобно многим декабристам, принял деятельное участие в осуществлении крестьянской реформы. Впервые он занялся этим вопросом в 1858 г., когда был назначен членом Комитета по улучшению быта помещичьих крестьян. Затем состоял детьми. Графиня с дочерьми жила в Москве и приехала на лето в Петербург к сыну. Их первый визит был к мадам Ксавье, которая считалась законодательницей мод. Женщины их круга просто не могли обойтись без помощи мадам Ксавье.

Обе барышни были очень изящны, что же касается молодого человека, я не обратила на него никакого внимания, хотя он не спускал с меня глаз. Сделав покупки, старая дама дала свой адрес: Фонтанка, дом графини Анненковой.

На следующий день молодой офицер один явился в наш магазин и обратился ко мне с просьбой переменить бант на шляпе одной из его сестер.

Вечером я получила письмо за подписью Алексея Анненкова. Как и все подобные письма, оно было с начала до конца объяснением в любви. Но в письме этом меня удивило одно обстоятельство – в нем не было никаких соблазнительных предложений и обещаний: в нем говорилось о завоевании моего сердца, но не о покупке его. Есть положения, в которых будешь смешной, если придерживаешься слишком строгой морали. Будь я девушкой из общества, я отослала бы графу его письмо, не читая. Но ведь я была скромная модистка: я прочитала письмо и… сожгла его.

На следующий день граф опять пришел с поручением купить кое-что для своей матери. Увидев его, я под каким-то предлогом ушла из магазина в комнаты мадам Ксавье и оставалась там до тех пор, пока он не уехал.

членом Нижегородского губернского присутствия и уделял большое внимание разработке реформы освобождения крестьян. После реформы занял должность председателя Нижегородского съезда мировых посредников и пользовался большим авторитетом среди наиболее передовых слоев нижегородского общества. Умер И. А. Анненков в Нижнем Новгороде.

Вечером я получила от него второе послание. Он писал в нем, что все еще надеется, так как думает, что я не получила его первого письма. Но и это письмо я оставила без ответа.

На другой день пришло третье письмо. Тон его поразил меня: от него веяло грустью, напоминающей печаль ребенка, у которого отняли любимую игрушку. Это не было отчаяние взрослого человека, теряющего то, на что он надеялся.

Он писал, что если я не отвечу и на это письмо, то он возьмет отпуск и уедет с семьей в Москву. Я снова ответила молчанием и полтора месяца спустя получила от него письмо из Москвы, в котором он сообщал мне, что готов принять безумное решение, которое может разбить всю его будущность. Он умолял ответить на это письмо, чтобы иметь хоть крупицу надежды, которая привяжет его к жизни.

Я подумала, что письмо написано, чтобы напугать меня, а потому оставила его без ответа, как и все предыдущие.

Спустя четыре месяца он прислал мне следующую записку: «Я только что приехал, и первая моя мысль – о вас. Я люблю вас столько же и, быть может, еще больше, чем прежде. Вы уже не можете спасти мне жизнь, но благодаря вам я еще могу полюбить ее».

Это упорство, эти таинственные намеки в его последних письмах, наконец, грустный тон их заставили меня написать графу, но ответ мой был, несомненно, не такой, какого он желал. Я закончила свое письмо уверением, что не люблю его и никогда не полюблю.

– Вам кажется это странным, – прервала Луиза свой рассказ, – я вижу, вы улыбаетесь: по-видимому, такая добродетель смешна у бедной девушки. Но, уверяю вас, дело тут не в добродетели, а в полученном мною воспитании. Моя мать, вдова офицера, оставшись без всяких средств после смерти мужа, воспитала таким образом Розу и меня.

Мне едва исполнилось шестнадцать лет, когда моя мать умерла, и мы лишились скромной пенсии, на которую жили. Сестра научилась делать цветы, а я поступила продавщицей в магазин мод. В скором времени Роза полюбила вашего друга и отдалась ему, но я не поставила ей этого в вину: я считаю вполне естественным отдать свое тело, когда отдаешь сердце. Я же еще не встретила того, кого мне суждено было полюбить.

Наступил Новый год. У русских, как вы скоро в этом убедитесь, начало года празднуется очень торжественно. В этот день вельможа и крестьянин, княгиня и барышня из магазина, генерал и рядовой – становятся как бы ближе друг другу.

В день Нового года царь принимает у себя свой народ – около двадцати тысяч приглашенных являются на бал в Зимний дворец. В девять часов вечера двери дворца открываются, и его залы тут же наполняются самой разнообразной публикой, тогда как в течение всего года он доступен только для высшей аристократии.

Мадам Ксавье достала нам билеты, и мы решили пойти все вместе на этот бал. Несмотря на огромное стечение народа, на этих балах – как это ни странно – не бывает ни беспорядка, ни приставаний, ни краж, и молодая девушка, даже если она очутится здесь одна, может чувствовать себя в такой же безопасности, как в спальне своей матери.

Уже около получаса находились мы в зале дворца (теснота была так велика, что, казалось, лишнему человеку не найти там места), когда раздались звуки полонеза и среди приглашенных пронесся шепот: «государь, государь!»

В дверях появляется его величество с супругой английского посла. За ним следует весь двор. Публика расступается, и в образовавшееся пространство устремляются танцующие. Перед моими глазами проносится поток бриллиантов, перьев, бархата, духов. Отделенная от своих подруг, я пытаюсь присоединиться к ним, но безуспешно. Замечаю только, что они мчатся мимо меня, словно подхваченные вихрем, и я тут же теряю их из вида. Я не могу пробиться сквозь плотную людскую стену, которая отделила меня от них, и оказываюсь одна среди двадцати пяти тысяч незнакомых мне людей.

Совершенно растерявшись, я готова обратиться за помощью к первому встречному, но тут ко мне подходит человек в домино, в котором я узнаю графа Алексея.

– Как, вы здесь, одни? – удивился он.

– О, это вы, граф, – обрадовалась я, – помогите мне, ради бога, выбраться отсюда. Достаньте мне экипаж.

– Разрешите мне отвезти вас, и я буду признателен случаю, который дал мне больше, чем все мои старания.

– Нет, благодарю вас. Я бы хотела извозчика.

– Но в этот час найти здесь извозчика невозможно. Останьтесь еще один час.

– Нет, я должна уехать.

– В таком случае разрешите моим людям отвезти вас. И так как вы не желаете меня видеть, то – что поделать? – вы меня не увидите.

– Боже мой, я бы хотела…

– Другого выбора нет. Или пробудьте здесь еще немного, или согласитесь отправиться в моих санях, не можете же вы уйти отсюда одна, пешком и в такой мороз!

– Хорошо, граф. Я согласна уехать в ваших санях.

Алексей предложил мне руку, и мы чуть ли не целый час пробирались сквозь толпу, пока, наконец, не очутились у дверей, выходящих на Адмиралтейскую площадь. Граф позвал своих слуг, и через минуту у подъезда появились прелестные сани в виде крытого возка. Я села в них и дала адрес мадам Ксавье. Граф поцеловал мне руку, закрыл дверцу и сказал по-русски несколько слов своим людям. Сани помчались с быстротою молнии.

Минуту спустя лошади, как мне показалось, побежали еще быстрее, а кучер делал, по-видимому, невероятные усилия, чтобы сдержать их. Я стала кричать, но крики мои терялись в глубине возка. Хотела открыть дверцу, но не могла. После тщетных усилий я упала на сиденье, думая, что лошади понесли и что мы вот-вот налетим на что-нибудь и разобьемся.

Однако, спустя четверть часа, сани остановились и дверца открылась. Я была так расстроена всем происшедшим, что решительно не понимала, что со мною. Тут меня укутали с головой в какую-то шаль, понесли куда-то, и я почувствовала, что меня опустили на диван. С трудом сбросив с себя шаль, я увидела незнакомую комнату и графа Алексея у своих ног.

– О, – воскликнула я, – вы меня обманули! Это подло!

– Простите меня, – сказал он, – я не хотел упустить такой случай, в другой раз он уже не представится. Позвольте мне хоть раз в жизни сказать вам, что...

– Вы не скажете ни одного слова, граф! – закричала я, вскочив с дивана. – И сию же минуту велите отвезти меня домой, иначе вы поступите как бесчестный человек.

– Ради бога!..

– Ни в коем случае!..

– Я хочу только сказать... я вас так давно не видел, так давно не говорил с вами.... Неужели моя любовь и мои просьбы...

– Я ничего не хочу слышать!

– Вижу, – продолжал он, – что вы меня не любите и никогда не полюбите. Ваше письмо мне подало было надежду, но и она меня обманула. Я выслушал ваш приговор и подчинюсь ему, я прошу только дать мне пять минут – и вы будете свободны.

– Вы даете слово, что через пять минут я буду свободна?

– Клянусь вам!

– В таком случае говорите.

– Выслушайте меня, Луиза. Я богат, знатного происхождения, у меня мать, которая обожает меня, две сестры, которые любят меня. С раннего детства я был окружен людьми, которые обязаны были повиноваться мне, и, несмотря на все это, я болен той болезнью, которою страдает большинство моих соотечественников в двадцать лет: я утомлен жизнью, я скучаю.

Болезнь эта – мой злой гений. Ни балы, ни празднества, ни удовольствия не сняли с моих глаз тот серый, тусклый налет, который заслоняет от меня жизнь. Я думал, что, быть может, война с ее приключениями и опасностями излечит мой дух, но теперь в Европе установился мир, и нет больше Наполеона, потрясающего и низвергающего государства.

Устав от всего, я пробовал было путешествовать, когда встретил вас. То, что я почувствовал к вам, не было любовным капризом. Я написал вам, полагая, что достаточно этого письма, чтобы вы уступили моим просьбам. Но, против моего ожидания, вы мне не ответили. Я настаивал, так как ваше сопротивление меня задевало, но вскоре убедился, что питаю к вам настоящую, глубокую любовь. Я не пытался победить это чувство, потому что всякая борьба с собою утомляет меня, приводит в уныние. Я вам написал, что уеду, и действительно уехал.

В Москве я встретил старых друзей. Они нашли меня мрачным, скучным и попытались развлечь. Но это им не удалось. Тогда они принялись искать причину моего грустного настроения, решили, что меня снедает любовь к свободе и предложили мне вступить в тайное общество, направленное против царя.

– Боже мой, – вскричала я в ужасе, – вы, надеюсь, отказались?!

– Я вам писал, что мое решение будет зависеть от вашего ответа. Если бы вы любили меня, жизнь моя принадлежала бы не мне, а вам, и я не имел бы права распоряжаться ею. Когда же вы мне не ответили, доказав этим, что не любите меня, жизнь потеряла для меня всякий интерес. Заговор? Пусть так, это хоть послужит мне развлечением. А если он будет раскрыт? Ну что ж, мы погибнем на эшафоте. Я часто думал о самоубийстве, в этом случае все разрешится само собой: мне не придется накладывать на себя руки.

– О боже мой! Неужели вы говорите правду?

– Я говорю вам, Луиза, истинную правду. Вот смотрите, – сказал он, беря с маленького стола какой-то конверт, – я не мог предвидеть, что встречусь с вами сегодня. Я даже не знал, увижу ли я вас когда-нибудь. Прочтите, что здесь написано.

– Ваше духовное завещание!

– Да. Я сделал его в Москве, на следующий день после вступления в тайное общество.

Боже мой! Вы оставляете мне тридцать тысяч рублей ежегодного дохода!

– Если вы не любили меня при жизни, мне хотелось, чтобы вы сохранили добрую память обо мне хотя бы после моей смерти.

– Но что же сталось с этим заговором, с мыслями о самоубийстве? Вы отказались от всего этого?

– Луиза, вы можете теперь идти. Пять минут истекли. Но вы – моя последняя надежда, последнее, что меня привязывает к жизни. Если вы уйдете отсюда с тем, чтобы никогда больше не вернуться, я даю вам честное слово, слово графа, что еще не закроется за вами дверь, как я пущу себе пулю в лоб.

– Вы сумасшедший!

– Нет. Я только скучающий человек.

– Вы не сделаете того, что говорите!

– Попробуйте!

– Ради бога, граф...

– Послушайте, Луиза, я боролся до конца. Вчера я принял решение покончить со всем этим. Сегодня я вас увидел и мне захотелось рискнуть еще раз, в надежде, что, может быть, выиграю. Я поставил на карту свою жизнь. Ну что ж? Я проиграл – нужно платить!

Если бы он говорил мне все это в исступлении страсти, я не поверила бы ему, но он был совершенно спокоен. Во всех его словах слышалось столько правды, что я не могла уйти: смотрела на этого красивого молодого человека, полного жизни, которому нужна только я, для того чтобы он был вполне счастлив. Я вспомнила его мать и двух сестер, которые безумно любят его, вспомнила их счастливые, улыбающиеся лица. Я представила его себе обезображенным, истекающим кровью, а их рыдающими и убитыми горем и спросила себя, какое право я имею разбивать счастье этих людей, разрушать их сладкие надежды? Кроме того, я должна вам признаться, что такая упорная привязанность дала свои плоды: в тиши ночей, в своем полном одиночестве, я не раз вспоминала об этом человеке, который постоянно думает обо мне. И прежде чем расстаться с ним навеки, я заглянула поглубже в свою душу и убедилась, что тоже… люблю его… Я осталась…

Алексей говорил правду: единственное, чего ему не хватало в жизни, была моя любовь. Вот уже два года, как мы любим друг друга, и он счастлив или, по крайней мере, кажется счастливым. Он забыл о тайном обществе, куда вступил со скуки и из-за отвращения к жизни. Не желая, чтобы я оставалась долее у мадам Ксавье, он, не говоря ни слова, снял для меня этот магазин. И вот уже полтора года, как я живу другою жизнью и даже изучаю науки, которыми пренебрегала в юности, словом, пополняю свое образование. Этим и объясняется то отличие, которое вы нашли во мне по сравнению с другими девушками моей профессии. Вы видите, стало быть, – закончила она свой рассказ, – что я недаром задержала вас: кокетка поступила бы иначе. И понимаете, что я не могу вас любить, потому что люблю его.

– Да. Понимаю теперь, с помощью кого вы собираетесь оказать мне протекцию.

– Я уже говорила с ним о вас.

– Благодарю, но я отказываюсь.

– Вы с ума сошли!

– Может быть, но такой уж у меня характер.

– Вы хотите навеки поссориться со мною? Да?

– О, это было бы ужасно для меня, ведь, кроме вас, я никого здесь не знаю.

– Ну, так смотрите на меня как на сестру и предоставьте мне действовать.

– Вы этого непременно хотите?

– Я этого требую!

В эту минуту дверь отворилась, и в комнату вошел граф Алексей Анненков.

Это был красивый молодой человек лет двадцати пяти-шести, гибкий, стройный, с мягкими чертами лица, который, как мы уже говорили, служил корнетом в кавалергардском полку. Этим привилегированным полком долгое время командовал великий князь

Константин,[1] брат императора Александра, бывший в то время польским наместником. Граф был в мундире и при орденах. Луиза встретила его улыбкой.

– Добро пожаловать, ваше сиятельство. Позвольте представить вам моего соотечественника, о котором я уже говорила вам. Вот кому я прошу оказать ваше высокое покровительство.

Граф весьма любезно поздоровался со мной и, целуя руку Луизе, проговорил:

– Увы, милая Луиза, мое покровительство немногого стоит. Но для начала я хочу предложить вашему соотечественнику двух учеников: брата и себя.

– Это уже кое-что, – заметила Луиза, – а не упоминали ли вы о месте учителя фехтования в одном из здешних полков?

– Да, и со вчерашнего дня я навел кое-какие справки. Оказывается, в Петербурге уже имеются два учителя фехтования: один русский, другой француз, некто Вальвиль, ваш соотечественник, сударь, – обратился он ко мне. – Я не берусь судить о его достоинствах, но он сумел понравиться государю, который произвел его в майоры и наградил несколькими орденами. Теперь он состоит учителем фехтования в императорской гвардии. Что до моего соотечественника, то он милейший, прекраснейший человек, единственный недостаток которого в наших глазах состоит в том, что он русский. Он давал когда-то уроки фехтования самому государю, получил чин полковника и орден св. Владимира. Надеюсь, вы не собираетесь для начала восстановить их обоих против себя?

– Конечно, нет, – ответил я.

– В таком случае вам надобно поступить следующим образом: устроить публичный сеанс и проявить на нем свое искусство. Когда слух о вас распространится по городу, я дам вам прекрасную

---

[1] Константин Павлович (1779–1831) – великий князь, брат Александра I. При жизни брата отрекся от престола, вследствие чего по смерти Александра I воцарился третий сын императора Павла – Николай I.

рекомендацию, с которой вы явитесь к великому князю Константину, который находится как раз в Стрельне и, надеюсь, соблаговолит представить ваше прошение его величеству.

– Отлично! – вскричала Луиза, очень довольная благосклонностью ко мне графа. – Видите, я вас не обманула.

– Я никогда в вас не сомневался. Граф – любезнейший из покровителей, а вы – превосходнейшая из женщин. Не далее как сегодня вечером я займусь составлением своей программы.

– Вот и хорошо, – заметил граф.

– Извините, граф, – сказал я, – но я хочу просить вас дать мне кое-какие сведения о здешних условиях. Я даю этот сеанс не для заработка, а для того, чтобы зарекомендовать себя. Скажите, пожалуйста, как мне поступить: разослать ли приглашения, как на вечер, или же назначить входную плату, как на спектакль?

– Непременно назначьте плату, – сказал граф, – иначе никто не пойдет к вам. Назначьте за билет десять рублей и пошлите мне сто билетов: я их размещу по своим знакомым.

От редкой любезности графа моя ревность улетучилась. Я поблагодарил его и откланялся.

На следующий день мои афиши были расклеены по всему городу, и через неделю я дал публичный сеанс, в котором не приняли участия ни Вальвиль, ни Синебрюхов – французский и русский учителя фехтования, – а только любители из публики.

Я не намерен перечислять здесь свои подвиги, количество нанесенных и полученных мною ударов. Скажу только то, что уже во время сеанса наш посол, граф де ла Ферроне,[1] пригласил меня давать уроки своему сыну, графу Шарлю, и что на следующий день я получил много хвалебных писем, между прочим, от герцога Вюртембергского, который тоже просил меня давать уроки его сыну, и графа Бобринского, который сам стал брать у меня уроки.

---

[1] Ла Ферроне Огюст Пьер (1777–1842) – французский государственный деятель, убежденный монархист, французский посол в России (1819–1827).

Когда мы опять встретились с графом Анненковым, он сказал мне:

– Ваш сеанс прошел весьма удачно, и вы приобрели репутацию отличного знатока своего дела. Теперь вам необходим официальный аттестат. Вот письмо к адъютанту великого князя. Сам князь уже наслышан о вас. Возьмите с собой прошение на высочайшее имя, польстите Константину и постарайтесь заручиться его протекцией.

– Но примет ли он меня, граф? – спросил я неуверенно. – Я хочу сказать, учтив ли он будет со мной?

– Послушайте, – рассмеялся граф Алексей, – вы оказываете нам слишком много чести. Вы считаете нас цивилизованными людьми, тогда как мы варвары. Вот письмо, но я ни за что не ручаюсь: все зависит от хорошего или дурного расположения духа великого князя. Выберите надлежащий момент. Вы француз, – стало быть, человек ловкий. Вам нужно выдержать борьбу и одержать победу.

– Да, но я не хочу толкаться в передних и боюсь дворцовых интриг. Уверяю вас, ваше сиятельство, я предпочел бы всему этому настоящую дуэль.

– Жан Бар не более вас был привычен к гладким паркетам и придворным обычаям. А как он вышел из положения, явившись в Версаль?

– При помощи кулаков, граф!

– Поступите так же и вы. Кстати, я должен вам сказать, что Нарышкин, граф Чернышев[1] и полковник Муравьев просили меня передать вам, что они хотели бы брать у вас уроки фехтования.

– Вы чрезвычайно любезны, граф.

– Ничуть, сударь: я исполняю данное мне поручение, только и всего.

– Мне кажется, что все складывается недурно, – заметила Луиза.

– Благодаря вам, Луиза, – и, обращаясь к графу, я добавил: – Завтра же воспользуюсь вашим советом и рискну.

---

[1] Чернышев Захар Григорьевич (1796–1862) – ротмистр Кавалергардского полка, декабрист, член петербургской ячейки Южного общества.

– В добрый час!

Ободряющие слова графа были отнюдь не лишними. Я уже слышал кое-что о великом князе, к которому должен был пойти. Мне легче было бы пойти на медведя, чем обратиться с просьбой к нему, этому странному человеку, в характере которого было столько же хороших, сколько и дурных черт.

Глава пятая

Великий князь Константин, младший брат Александра, по-видимому, унаследовал характер своего отца со всеми его странностями.

Насколько Константин не любил заниматься науками, настолько ему нравились военные учения. Фехтовать, скакать верхом, командовать армией казалось ему делом куда более полезным для великого князя, чем занятия живописью, ботаникой или астрономией. В этом отношении он походил на своего отца, императора Павла. Со временем он так пристрастился к военному делу, что даже в ночь после своей свадьбы встал в пять часов утра, чтобы провести учение с солдатами, охранявшими его дворец.

Разрыв России с Францией послужил не на пользу Константину, ибо отец послал его в Италию, чтобы он завершил свое военное образование под началом фельдмаршала Суворова. [1] Но такой наставник, как Суворов, знаменитый столько же своим мужеством, сколько и странностями характера, мало подходил для того, чтобы отучить Константина от собственных странностей. В результате они не только не сгладились, а настолько увеличились, что вполне могло показаться, будто он унаследовал безумие своего отца.

По возвращении из этого похода Константин был назначен наместником Польши. Во главе этого воинственного народа его воинственные наклонности еще более развились. Лучшим развлечением для него были парады, смотры и учения. Зимой и летом, жил ли он в Брюлевском дворце около Саксонского сада или в Бельведерском дворце, он вставал в три часа утра и надевал свой

---

[1] Разрыв России с Францией послужил не на пользу Константину, отец послал его в Италию, чтобы он завершил свое военное образование под началом фельдмаршала Суворова. – Речь идет об итальянском походе Суворова, когда руководимая им армия одержала победу над французскими войсками при Нови и совершила героический переход через Альпы (1799).

генеральский мундир. Ни один слуга не помогал ему при этом. Сидя за круглым столом в комнате, увешанной рисунками мундиров всех полков армии, он просматривал приказы, принесенные накануне полковником Аксамиловским, одобрял их или, наоборот, отменял. За этим занятием он проводил время до девяти часов утра, затем, наскоро позавтракав, отправлялся на Саксонскую площадь, где его уже ждали два пехотных полка и один эскадрон кавалерии, чьи оркестры встречали его появление маршем, сочиненным Курпинским.[1] Вслед за этим начинался смотр. Солдаты проходили безошибочно правильными рядами мимо великого князя, который обычно являлся на эти учения одетым в зеленый охотничий костюм, с мягкой шляпой на голове, украшенной петушиными перьями.

Под его узким лбом, изборожденным глубокими морщинами, светилась пара голубых глаз с длинными густыми ресницами. Быстрый взгляд, небольшой курносый нос и длинная нижняя губа придавали его лицу какое-то странное и вместе с тем свирепое выражение. При звуках военной музыки, при виде людей, им обученных, которые шли мимо церемониальным маршем, он забывал обо всем на свете: глаза его загорались, лицо заливала краска, руки сжимались в кулаки, а ноги притоптывали в такт проходившим войскам. Он был крайне доволен, когда все шло хорошо, и приходил в неописуемый гнев, если во время учения или смотра случалось какое-нибудь нарушение дисциплины.

Тогда он жестоко расправлялся с виновными: малейшие ошибки солдат наказывались карцером, а офицеров – разжалованием. Эта жестокость распространялась не только на людей, но и на животных. Однажды он велел повесить обезьяну, которая производила слишком много шума. В другой раз, когда лошадь под ним оступилась, она была наказана тысячей ударов плетью. В третий раз он приказал застрелить собаку, разбудившую его ночью своим воем.

---

[1] Курпинский Кароль Казимеж (1785–1857) – польский композитор, общественный деятель, дирижер; один из создателей национальной оперы, автор патриотической песни «Варшавянка».

Его веселость выражалась в такой же дикой форме, что и гнев: он буквально катался по полу от смеха, радостно потирал себе руки и топал ногами. В такие минуты он хватал первого попавшегося ребенка, вертел его во все стороны, щипал, дергал за нос, заставлял целовать себя, а затем дарил ему золотую монету. А порой он не гневался и не радовался, а пребывал в состоянии полнейшего равнодушия и глубокой меланхолии. Он испытывал тогда необычайную, слабость, стонал и катался по дивану или по полу. В такие минуты никто не смел приближаться к нему, кроме высокой бледной женщины, одетой в простое белое платье с голубым поясом. Эта женщина оказывала на него магическое влияние: она садилась около него, он клал ей голову на колени, плакал, потом засыпал и просыпался совершенно здоровым. Женщина эта была Анна Грудзинская,[1] ангел-хранитель Польши.

Однажды этот полудикий человек со страстным, сумасбродным характером стал вдруг боязлив, как ребенок. Он, перед которым все дрожали, который распоряжался жизнью отцов и честью дочерей, робко попросил у старика отца Анны ее руку, умоляя не отказывать ему, ибо без нее он жить не может. Старик не отказал великому князю, и последний добился согласия дочери. Требовалось еще разрешение императора.

Он получил его, отказавшись от своих прав на престол.

Этот странный, неразгаданный человек, который, подобно Юпитеру Олимпийскому, заставлял всех трепетать перед собой, отдал корону за сердце девушки, иными словами, ради любимой женщины отказался от империи, занимающей седьмую часть земного шара и населенной пятьюдесятью тремя миллионами людей.

Анна Грудзинская получила от императора Александра титул княгини Лович.

Таков был человек, с которым мне предстояло увидеться. Он прибыл в Петербург, как поговаривали, тайно, узнав в Варшаве об

---

[1] Анна Грудзинская (1795–1831) – дочь графа Антона Грудзинского, вторая жена великого князя Константина.

обширном заговоре, охватившем всю Россию. Но нити этого заговора, находившиеся в его руках, оборвались благодаря упорству двух арестованных им заговорщиков. Как видно, обстоятельства мало благоприятствовали тому, чтобы обращаться к великому князю с такой пустяшной просьбой, как моя.

Я нанял извозчика и отправился на следующий день в Стрельню с письмом к адъютанту великого князя и с прошением на имя императора Александра. После двух часов езды по великолепной дороге, – слева шли загородные дома, а справа простиралась до самого Финского залива огромная равнина – мы приехали в Стрельню. Около почты на Большой улице мы свернули направо, и спустя несколько минут я оказался у дворца великого князя. Часовые преградили мне путь, но я показал им письмо, и меня пропустили.

Я поднялся на крыльцо и вошел в дом. Меня попросили подождать в гостиной, окна которой выходили в прелестный сад, пока дежурный офицер относил мое письмо. Минуту спустя он вернулся и предложил мне следовать за ним.

Великий князь стоял спиною к топившейся печке: было уже довольно свежо, хотя только что наступил сентябрь. Он диктовал какую-то депешу адъютанту, сидевшему рядом с ним. Я не ожидал, что буду принят так скоро, и остановился на пороге. Едва закрылась за мной дверь, как великий князь, не меняя позы, посмотрел на меня своим пронизывающим взглядом и спросил:

– Откуда ты родом?

– Я француз, ваше императорское высочество.

– Сколько тебе лет?

– Двадцать шесть.

– Твое имя?

– Г…

– Это ты хочешь получить место учителя фехтования в одном из полков его величества, моего брата?

– Это является предметом моего самого горячего желания.

– И ты говоришь, что являешься первоклассным фехтовальщиком?

– Прошу извинения у вашего императорского высочества: я этого не говорил, не мне говорить это.

– Но ты так думаешь?

– Вам известно, ваше императорское высочество, что тщеславие – величайший порок человечества. Впрочем, я дал публичный сеанс, и вы, ваше высочество, можете осведомиться о нем.

– Знаю, но ты имел дело только с любителями, с посредственными фехтовальщиками.

– Я их щадил, ваше высочество.

– Ну а если бы ты их не щадил бы, что тогда?

– Я уколол бы их десять раз, а они меня – только один раз.

– Вот как!.. Таким образом, ты и меня мог бы уколоть десять раз против одного?

– Это смотря по тому, ваше высочество...

– То есть как это так – смотря по тому?

– Ну да, смотря по тому, что вы пожелаете. Если я буду фехтовать с великим князем, то вы уколете меня десять раз, а я от силы два раза. Но если вы, ваше высочество, разрешите мне фехтовать с вами, как с любым смертным, то, вероятнее всего, я уколю вас десять раз, а вы меня только два.

– Любенский, – закричал великий князь, потирая руки, – мои рапиры, живо! Посмотрим, господин фанфарон.

– Как прикажете, ваше высочество.

– Я желаю, чтобы ты меня уколол десять раз. Ты что? уже идешь на попятный?

– Я пришел с тем к вам, ваше высочество, чтобы отдать себя в ваше распоряжение. Извольте приказывать.

– Прекрасно. Возьми рапиру, маску и начнем.

– Вы настаиваете, ваше высочество?

– Да, – сто раз, тысяча раз, да!

– В таком случае, я к вашим услугам.

– Вот что, ты должен меня уколоть десять раз, – сказал великий князь, атакуя меня, – слышишь, десять раз – я не уступлю тебе ни одного!

Несмотря на приказание великого князя, я только парировал его удары, но сам не нападал.

– Послушай, – вскричал он, начиная горячиться, – мне кажется, что ты щадишь меня!.. Погоди… погоди…

Я видел, как под маской краска бросилась ему в лицо и глаза налились кровью.

– Где же твои десять ударов?

– Ваше высочество, уважение…

– Убирайся к черту со своим уважением! Коли меня!

Я воспользовался его разрешением и уколол его три раза подряд.

– Прекрасно, прекрасно! – воскликнул он. – Теперь мой черед… Вот тебе, вот!..

И это была правда.

– Я полагаю, ваше высочество, что вы меня не щадите, и теперь отвечу вам тем же.

– Превосходно… Ха, ха, ха!

Я уколол его еще четыре раза подряд, а он меня ударил один раз.

– Прекрасно! – весело воскликнул великий князь. – Ты видел, – обратился он к своему адъютанту, – я уколол его два раза против семи.

– Простите, ваше высочество, два раза против десяти, – сказал я, снова нападая на него. – Вот вам восьмой, девятый… десятый… Мы квиты!

– Прекрасно! – вскричал великий князь. – Владеешь ли ты так же хорошо шпагой, как и рапирой?

– Думаю, что да, ваше высочество.

– Отлично. А можешь ли ты защищаться пеший против всадника, вооруженного пикой?

– Полагаю, ваше высочество.

– Ты полагаешь, но не уверен… Ха, ха! Ты не уверен!

– Нет, ваше высочество, я вполне уверен.

– И сможешь защищаться?

– Смогу, ваше высочество.

– И парировать удары пики?

– Да.

– Против всадника?

– Против всадника.

– Любенский! – опять позвал адъютанта великий князь.

Офицер явился.

– Прикажи подать лошадь. Дай мне пику! Идем!

– Но, ваше высочество…

– А, ты на попятный!

– Я не иду на попятный, ваше высочество. Со всяким другим все это было бы для меня детской забавой.

– Ну а со мной?

– Я одинаково боюсь и победить и потерпеть поражение. Ведь в случае моей победы вы можете забыть, что сами приказали…

В эту минуту под окном появился офицер с лошадью и пикой.

– Великолепно, – сказал Константин, выбегая в сад и делая мне знак следовать за ним. – Любенский, дай ему шпагу. Хорошую кавалергардскую шпагу. Увидим, господин учитель фехтования, что будет с вами. Боюсь, что проткну вас, как лягушку.

При этих словах Константин вскочил на коня и принялся играть пикой, проделывая с нею самые трудные упражнения. В это время мне подали на выбор три или четыре шпаги. Я взял наугад одну из них.

– Ну что, ты готов? – спросил великий князь.

– Готов, ваше высочество.

Он пришпорил коня и ускакал в другой конец аллеи.

– Его высочество изволит, вероятно, шутить? – спросил я адъютанта.

– Нисколько, – ответил он, – дело идет для вас о жизни и смерти. Защищайтесь как в настоящем поединке – вот все, что я могу вам сказать.

Дело принимало более серьезный оборот, нежели я думал. Мне предстояло не только парировать удары – это было для меня пустяком, но, имея противником великого князя, я подвергался серьезной опасности. Делать было нечего – отступать было нельзя, и я призвал на помощь все свое спокойствие, все свое мастерство.

Великий князь уже доехал до конца аллеи сада. Затем, повернув коня, он крикнул:

– Ну как, готов?

И пустил лошадь галопом, направив пику прямо против меня. Я успел отскочить в сторону, и пика меня не задела. Великий князь закричал:

– Хорошо, хорошо! Еще разок!

И, едва дав мне времени опомниться, он проделал тот же маневр, но еще азартнее, чем в первый раз. Я по-прежнему был настороже и следил за каждым его движением: он опять проскочил мимо, не успев задеть меня пикой, так как в надлежащий момент я отскочил в сторону.

Великий князь покраснел от досады: он окончательно вошел в азарт и хотел во что бы то ни стало остаться победителем. Он повернул коня и готовился снова напасть на меня, чтобы пронзить пикой. Но на этот раз я решил положить конец слишком затянувшейся шутке.

В тот момент, когда он снова приблизился ко мне и готовился нанести удар, я, вместо того чтобы увернуться, со всей силой ударил шпагой по древку пики и рассек ее пополам. В то же мгновение я подскочил к опешившему великому князю и приставил острие шашки к его груди. Адъютант вскрикнул, думая, что я собрался пронзить его высочество. То же подумал, по-видимому, и Константин, потому что он сильно побледнел. Но я тотчас же отступил в сторону и, поклонившись, сказал:

– Вот что я могу показать солдатам вашего высочества, если вы удостоите сделать меня учителем фехтования.

– Тысяча чертей! Да, ты достоин этого, – воскликнул великий князь, – или же я не буду я!.. Любенский, – обратился он к офицеру, соскакивая с коня, – прикажи отвести Пулка в конюшню, а ты изволь следовать за мной: я подпишу твое прошение.

Я последовал за великим князем, и он написал на моем прошении:

«Всепокорнейше рекомендую вашему величеству подателя сего прошения в качестве превосходного знатока фехтования. По-моему, он вполне заслуживает должности, которой домогается».

– А теперь, – сказал мне великий князь, – тебе надлежит передать свое прошение его величеству, но если ты сделаешь это лично, то вполне можешь угодить в тюрьму. И все же я посоветовал бы тебе собственноручно вручить его государю. Кто не рискует, тот не выигрывает. До свиданья! Если будешь в Варшаве, можешь явиться ко мне.

Я поклонился и ушел счастливый, что все так благополучно окончилось. Вечером я отправился поблагодарить графа Алексея за добрый совет, хотя этот совет мог мне дорого обойтись. Я рассказал ему подробно, к ужасу Луизы, все, что произошло в Стрельне. На следующий день, около десяти часов утра, я поехал в Царское Село, где жил государь. Я решил пробыть в дворцовом парке до тех пор, пока не встречу его, хотя и рисковал тюрьмой, ибо лиц, осмелившихся, несмотря на запрет, лично подать прошение государю, ожидало тюремное заключение.

Глава шестая

Царское Село расположено в каких-нибудь четырех-пяти лье от Санкт-Петербурга, а между тем дорога туда совсем иная, чем та, по которой я ехал накануне в Стрельню. Здесь нет роскошных дач и прелестных видов: кругом луга и хлебные поля, лишь недавно отвоеванные у огромных папоротников, которые росли здесь чуть ли не с сотворения мира.

Менее чем через час пути я миновал немецкую колонию и поднялся на гряду холмов, откуда передо мной открылся вид на парк, обелиски и пять позолоченных куполов дворцовой церкви Царского Села.

Царскосельский дворец расположен на том самом месте, где некогда находилась хижина старой голландки по имени Сара, к которой Петр I любил заезжать, чтобы попить у нее молока. Когда голландка умерла, Петр, которому эта хижина приглянулась из-за открывавшегося оттуда чудного вида, подарил ее вместе с окружающими землями Екатерине, чтобы она велела построить там ферму. Екатерина призвала архитектора и точно объяснила ему свое желание. Архитектор сделал так, как делают все архитекторы: создал нечто противоположное тому, что от него требовалось: он построил не ферму, а дворец.

Однако эта резиденция, которой было весьма далеко до сельской простоты, показалась впоследствии Елизавете слишком скромной и не соответствующей могуществу русской императрицы. Она приказала разрушить дворец и поручила Растрелли[1] выстроить на том же месте другой, более роскошный. Знаменитый архитектор вознамерился затмить даже Версальский дворец. Зная, что внутри тот отделан золотом, он позолотил в новом дворце все, что возможно: карнизы, выступы, кариатид – чуть ли не крыши.

---

[1] Растрелли Варфоломей Варфоломеевич (1700–1771) – выдающийся русский архитектор, по происхождению итальянец.

Когда роскошный дворец был окончен, Елизавета пригласила свой двор и всех иностранных послов отпраздновать его освящение. При виде всего этого великолепия все, кроме французского посла Шетарди,[1] в один голос стали превозносить красоту дворца, говоря, что, по справедливости, он должен быть назван восьмым чудом света. Задетая тем, что Шетарди не вторит этому хвалебному хору, а смотрит по сторонам с задумчивым видом, точно потерял что-то, императрица спросила его, что он ищет.

– Ваше величество, – отвечал посол, – я ищу футляр этой драгоценной игрушки.

В те времена можно было стать знаменитым, чуть не обессмертить себя каким-нибудь четверостишием или удачной шуткой. Этот остроумный ответ прославил Шетарди в Петербурге.

К сожалению, архитектор построил новый дворец для летнего времени, позабыв про зиму. И уже весной его пришлось переделывать, причем сильно пострадала позолота. Затем уже при Екатерине II дворец подвергся еще нескольким переделкам, и позолота была заменена краской. Что же касается крыши, то ее, по обычаю петербуржцев, выкрасили в нежный зеленый цвет.

Когда распространился слух о том, что во дворце снимают позолоту, кто-то из придворных предложил Екатерине скупить у нее все это золото.

– К сожалению, я не торгую старьем, – отвечала императрица.

Среди своих побед, любовных похождений и путешествий Екатерина не переставала заботиться о своей любимой резиденции. Когда подрос ее старший внук Александр, она построила для него вблизи императорского дворца малый Александровский дворец и поручила архитектору Бушу разбить там сады. Буш не только разбил сады, но вырыл водоемы, каналы, устроил фонтаны. Однако не

---

[1] Ла Шетарди Жак Иохим (1705–1758) – французский дипломат и военный деятель, исполнял обязанности посла в России в 1739–1742 гг.

подумал о воде, убежденный, что той, которую зовут Екатерина Великая, стоит лишь пожелать и вода появится словно по волшебству.

Преемник Буша, Бауэр, вознамерился исправить этот недостаток. Узнав, что богач Демидов, который владел неподалеку от дворца великолепным поместьем, имеет в изобилии то, чего недостает его августейшей повелительнице, архитектор обратился к нему за помощью, и тут же вода заполнила водоемы, брызнула из фонтанов, образовала водопады. Вот почему Екатерина сказала как-то:

– Мы можем поссориться со всей Европой, но только не с Демидовым.[1]

Действительно, в любой момент Демидов мог бы, если бы пожелал, оставить дворец без воды.

Император Александр вырос в Царском и от своей бабушки унаследовал любовь к нему. Все воспоминания детства, этого золотого времени в жизни каждого человека, были связаны у него с царскосельским дворцом: по его газонам он учился ходить, в его аллеях брал первые уроки верховой езды, на его прудах учился управлять лодкой. Недаром он проводил здесь время с первых весенних дней до начала зимы.

Именно сюда, в Царское Село, я и приехал с намерением во что бы то ни стало повидать царя.

Наскоро позавтракав в плохоньком французском ресторане, я направился в парк, где разрешалось гулять решительно всем. Близилась осень, и парк был совершенно пуст, а может быть, публика попросту боялась обеспокоить своим присутствием царя. Я знал, что он любит гулять по самым глухим аллеям, и принялся бродить наудачу по парку в надежде, что в конце концов встречу его. А если бы судьба не поспешила проявить ко мне свою благосклонность, я предполагал, что в парке найдутся для меня всякие редкости и достопримечательности.

---

[1] Мы можем поссориться со всей Европой, но только не с Демидовым. – Очевидно, речь идет о Николае Демидове (1773–1828) – потомке владельцев чугуноплавильных заводов.

В самом деле, я вскоре набрел на китайскую деревушку, состоявшую из пятнадцати домиков, каждый из которых имел собственный садик и ледник; в них жили адъютанты императора. Посреди этой деревушки, расположенной в форме звезды, находился павильон для балов и концертов. По углам его стояли с трубками во рту четыре статуи китайских мандаринов в человеческий рост.

Однажды, когда императрица Екатерина праздновала пятидесятый день своего рождения, она прогуливалась с несколькими приближенными по этой деревушке. Зайдя в павильон, она увидела, к своему величайшему удивлению, что из трубок стоящих по углам китайцев валит дым. Мало того, при приближении императрицы китайцы приветливо закивали головами, влюбленно глядя на нее. Екатерина подошла ближе, чтобы рассмотреть это чудо: тут китайцы сошли со своих пьедесталов, согласно китайскому церемониалу, пали перед ней ниц и принялись декламировать стихи. Этими мандаринами были: принц де Линь, граф де Сегюр,[1] граф Кобенцель[2] и князь Потемкин.

Оттуда я отправился взглянуть на лам, животных из семейства верблюдов, обитающих в Кордильерах и присланных мексиканским вице-королем в подарок императору Александру. Из девяти экземпляров пять не вынесли климата и околели, но четыре, оставшиеся в живых, дали многочисленное потомство, которое, вероятно, хорошо приживется здесь.

Неподалеку от зверинца, во французском саду, устроен небольшой дворец-столовая, в котором находится знаменитый олимпийский стол. Стол этот устроен таким образом, что при помощи машин он опускается и подает из кухни, расположенной внизу, все, что душе угодно. Гостю достаточно написать на бумажке те блюда, которые он желает получить, и через несколько минут, точно по волшебству, они появляются перед ним. Однажды некая молодая

---

[1] Сегюр Луи Филипп (1753–1830) – литератор, посол Франции; находился в окружении Екатерины во время ее путешествия в Крым.

[2] Кобенцель Иоганн Людвиг (1753–1809) – австрийский посол в России.

дама, желая привести в порядок свою прическу, растрепавшуюся во время тет-а-тета, попросила головных шпилек, хотя и была уверена, что не получит их: к ее удивлению, снизу поднялась тарелка с дюжиной головных шпилек.

Продолжая свою прогулку, я набрел на пирамиду, под которой покоятся вечным сном три левретки императрицы Екатерины. Одну из эпитафий, высеченных на этом могильном камне, сочинил господин де Сегюр, другую – сама Екатерина. Вот ее двустишие:

Здесь покоится герцогиня Андерсон,

укушенная господином Роджерсон.

Что до третьей левретки, то она пользовалась гораздо большей известностью, хотя никто для нее эпитафий не сочинял.

Левретку эту нарекли «Зюдерланд», по имени банкира-англичанина, который подарил ее Екатерине, и смерть этой собачки причинила банкиру больше неприятностей, чем любая неудачная финансовая операция.

Однажды Зюдерланда, пользовавшегося благосклонностью императрицы благодаря этому подарку, разбудил рано утром слуга:

– Сударь, дом окружен стражей, и сам полицеймейстер желает говорить с вами.

– Что ему надобно? – спросил банкир и вскочил с постели, испуганный одним появлением полиции.

– Не знаю, сударь, дело как будто у него весьма важное, так как, по его словам, он должен говорить лично с вами.

– Проси, – сказал Зюдерланд, поспешно надевая халат.

Слуга ушел и через несколько минут впустил в кабинет петербургского полицеймейстера Рылеева,[1] по одному виду которого банкир понял, что тот явился к нему с потрясающей вестью. Банкир

---

[1] Рылеев Никита Иванович (1740–1808) – обер-полицеймейстер Санкт-Петербурга, затем губернатор.

весьма вежливо принял полицеймейстера и предложил ему кресло, однако Рылеев отрицательно покачал головой и сказал:

– Господин Зюдерланд, верьте мне, я в полном отчаянии, хотя для меня и большая честь, что ее величество поручила лично мне выполнить такое приказание, однако жестокость его меня крайне удручает... Вы, вероятно, совершили какое-нибудь ужасное преступление?

– Преступление! – вскричал банкир. – Кто совершил преступление?

– По всей вероятности, именно вы, поскольку вы должны подвергнуться этому наказанию.

– Клянусь честью, никакого преступления я не совершал, я принял русское подданство и ни в чем не виновен перед ее величеством...

– Вот потому, что вы теперь русский подданный, с вами и расправляются так жестоко. Будь вы британским подданным, вы могли бы обратиться за защитой к британскому послу...

– Но позвольте, ваше превосходительство, какой же приказ дан вам относительно меня?

– У меня не хватает духу сказать вам...

– Я лишился, стало быть, милости ее величества?

– О, если бы только это!

– Неужто меня высылают в Англию?

– Нет, Англия – ваша родина, и для вас это вовсе не было бы наказанием.

– Боже мой, вы меня пугаете! Так, значит, меня ссылают в Сибирь!

– Сибирь – превосходная страна, которую зря оклеветали. Впрочем, оттуда еще можно вернуться.

– Скажите же мне, наконец, в чем дело? Уж не сажают ли меня в тюрьму?

– Нет, из тюрьмы тоже выходят.

– Ради бога, – вскричал банкир, все более и более пугаясь, – неужели меня приговорили к наказанию кнутом?

– Кнут – ужасное наказание, но оно не убивает...

– Боже правый, – проговорил Зюдерланд, совершенно ошеломленный. – Понимаю, я приговорен к смерти.

– Увы, да еще к какой смерти! – воскликнул полицеймейстер, поднимая глаза к небу с выражением сочувствия.

– Что значит «к какой смерти»? – простонал Зюдерланд, хватаясь за голову. – Мало того, что меня хотят убить без суда и следствия, Екатерина еще приказала...

– Увы, дорогой господин Зюдерланд, она приказала... если бы она не отдала этого приказания мне лично, я никогда не поверил бы...

– Вы истерзали меня своими недомолвками! Что же приказала императрица?

– Она приказала сделать из вас чучело!

– Чуч...

Несчастный банкир испустил отчаянный вопль.

– Ваше превосходительство, вы говорите чудовищные вещи, уж не сошли ли вы с ума?

– Нет, я не сошел с ума, но, вероятно, сойду во время этой операции.

– Как же это вы, кого я считал своим другом, кому оказал столько услуг, как вы могли выслушать такое приказание, не попытавшись объяснить ее величеству всю его жестокость...

– Я сделал все, что мог, никто на моем месте не осмелился бы говорить так с императрицей, как говорил я. Я просил ее отказаться от этой мысли или, по крайней мере, выбрать кого-нибудь другого для исполнения ее воли. Я умолял со слезами на глазах, но ее величество сказала знакомым вам тоном, тоном, не допускающим возражений: «Отправляйтесь немедленно и исполняйте то, что вам приказано».

– Ну и что же?

– Я отправился к натуралисту, который готовит чучела птиц для Академии наук: раз уж нельзя избежать этого, пусть ваше чучело сделает хоть мастер своего дела.

– И что же, этот подлец согласился?

– Нет, он отослал меня к тому натуралисту, который набивает обезьян, ибо человек больше похож на обезьяну, чем на птицу.

– И что же?

– Он ждет вас.

– Ждет, чтобы я…

– Чтобы вы сию минуту явились к нему. По приказанию ее величества это нужно сделать немедленно.

– Даже не дав мне времени привести в порядок свои дела? Но ведь это невозможно!

– Однако так приказано!

– Но разрешите мне, по крайней мере, написать записку ее величеству.

– Не знаю, имею ли я право…

– Послушайте, ведь это последняя просьба, в которой не отказывают даже закоренелым преступникам. Я умоляю вас.

– Но ведь я рискую своим местом!

– А я – своею жизнью!

– Хорошо, пишите. Но предупреждаю, я не могу оставить вас одного ни на одну минуту.

– Прекрасно. Попросите только, чтобы кто-нибудь из ваших офицеров передал мое письмо ее величеству.

Полицеймейстер позвал гвардейского офицера, приказал ему отвезти письмо во дворец и возвратиться, как только будет дан ответ. Не прошло и часа, как офицер вернулся с приказанием императрицы немедленно доставить во дворец Зюдерланда. Последний ничего лучшего не желал.

У подъезда его дома уже ждал экипаж. Несчастный банкир сел в него и был тут же доставлен в Эрмитаж, где его ожидала Екатерина. При виде Зюдерланда императрица разразилась громким смехом.

Он решает, что Екатерина сошла с ума. И все же бросается перед нею на колени и, целуя протянутую руку, говорит:

– Ваше величество, пощадите меня или, по крайней мере, объясните, чем я заслужил такое ужасное наказание?

– Милый Зюдерланд, – молвит Екатерина, продолжая смеяться. – Вы тут ни при чем, речь шла не о вас.

– О ком же, ваше величество?

– О левретке, которую вы мне подарили. Она околела вчера от несварения желудка. Я очень любила песика и решила сохранить хотя бы его шкуру, набив ее соломой. Я позвала этого дурака Рылеева и приказала ему сделать чучело из Зюдерланда. Он стал отказываться, что-то говорить, просить. Я подумала, что он стыдится такого поручения, рассердилась и велела ему немедленно выполнить мою волю.

– Ваше величество, – отвечает банкир, – вы можете гордиться исполнительностью своего полицеймейстера, но умоляю вас, пусть в другой раз он попросит разъяснить ему приказание, полученное из ваших уст.

Банкир Зюдерланд отделался испугом, но не все так благополучно оканчивалось в Петербурге благодаря необыкновенной старательности, с которой здесь выполняются все приказания. Доказательством тому служит следующий случай.

Однажды к графу де Сегюр, французскому послу при дворе Екатерины, пришел какой-то француз; глаза его лихорадочно блестели, лицо горело огнем, одежда была в беспорядке.

– Ваше сиятельство, – возопил несчастный. – Я требую справедливости!

– Кто вас оскорбил?

– Градоначальник. По его приказу мне дали сто ударов кнутом.

– Сто ударов кнутом! – вскричал удивленный посол. – За что? Что вы сделали?

– Решительно ничего!

– Быть этого не может!

– Клянусь честью, ваше сиятельство!

– В своем ли вы уме, мой друг?

– Верьте мне, ваше сиятельство, я не тронулся в уме.

– В чем же дело? Ведь градоначальника все хвалят за мягкость, за справедливость.

– Простите, ваше сиятельство, – воскликнул жалобщик, – разрешите мне сперва показать вам следы порки.

При этих словах несчастный француз снял верхнее платье и показал Сегюру свою окровавленную рубаху и явные следы кнута.

– Расскажите же, что произошло, – попросил посол.

– Ваше сиятельство, все очень просто. Я узнал, что граф де Брюс ищет французского повара. Я как раз оказался без места и отправился к нему предложить свои услуги. Слуга открыл дверь в кабинет князя и сказал:

– Ваше сиятельство, повар явился.

– Ах так, – ответил де Брюс, – отвести его на конюшню и дать ему сто ударов кнутом.

– И вот, ваше сиятельство, меня схватили, поволокли на конюшню и, несмотря на мои крики, угрозы и сопротивление, мне всыпали ровно сто ударов, ни больше, ни меньше.

– Если верно то, что вы рассказали, то это сущее безобразие.

– Если я сказал неправду, ваше сиятельство, то готов получить двойную порку.

– Послушайте, мой друг, – молвил де Сегюр, – я думаю, что вы говорите правду. Я расследую это дело, и если вы мне не солгали, то обещаю, что вы получите полное удовлетворение. Но если хоть в одном слове вы покривили душой, я велю тотчас же отправить вас на границу, а оттуда добирайтесь как знаете до Франции.

– Согласен, ваше сиятельство.

– А теперь, – сказал де Сегюр, садясь за письменный стол, – отнесите это письмо градоначальнику.

– Покорно благодарю, ваше сиятельство, но я и носа больше не покажу в этот дом, где так странно обращаются с людьми, явившимися по делу.

– Хорошо. Вы отправитесь туда в сопровождении одного из моих секретарей.

– А, это другое дело: в сопровождении вашего секретаря я готов хоть в преисподнюю.

– Хорошо. Ступайте, – сказал де Сегюр, передавая письмо потерпевшему и приказывая одному из своих чиновников сопровождать его.

Спустя сорок пять минут француз вернулся к послу сияющий от радости.

– Ну, как? – спросил де Сегюр.

– Все объяснилось, ваше сиятельство.

– Вы удовлетворены, я вижу?

– Вполне, ваше сиятельство.

– Расскажите же, как было дело.

– Видите ли, ваше сиятельство, у его превосходительства графа де Брюса был поваром некий крепостной, которому он вполне доверял. И вот четыре дня тому назад этот человек сбежал, похитив пятьсот рублей.

– Ну и что же?

– Узнав, что место повара у градоначальника освободилось, я, как имел честь доложить вам, отправился к нему. К моему несчастью, в это самое утро графу сообщили, что повар его арестован в двадцати верстах от Петербурга. Когда лакей сказал ему: «Ваше сиятельство, повар явился», граф подумал, что привели пойманного крепостного повара, и так как он был в эту минуту чем-то занят, не оборачиваясь, распорядился отвести беглеца на конюшню и выпороть его.

– И городской голова извинился перед вами?

– Не только извинился, господин посол, – сказал повар, показывая кошелек, полный золота, – он велел заплатить мне по червонцу за каждый удар кнута, и теперь я очень жалею, что получил сто ударов, а не двести. Затем он меня принял на службу и обещал, что полученное наказание будет мне зачитываться при каждой моей провинности.

В эту минуту послу подали письмо де Брюса, в котором тот приглашал его на следующий день к обеду, чтобы отведать стряпню нового повара.

Повар этот служил у Брюса десять лет и, вернувшись во Францию богатым человеком, всю жизнь благословлял несчастный случай, которому был обязан своим счастьем.

Все эти анекдоты, всплывшие в моей памяти, уже не казались мне невозможными после того, что произошло со мною накануне у великого князя. Но я так много хорошего слышал об императоре Александре, что решил во что бы то ни стало подойти к нему, чем бы ни кончилась для меня эта встреча.

Я осмотрел высокую колонну, воздвигнутую в честь победы при Чесме,[1] затем побродил часа четыре по парку и начал уже отчаиваться, когда в одной из аллей столкнулся с каким-то офицером в форменной тужурке, который поклонился мне и продолжал свой путь. Позади меня дворник как раз подметал дорожку. Я спросил у него, кто этот офицер.

– Это император, – ответил он.

Я поспешил в боковую аллею, пересекавшую ту, по которой гулял царь. И действительно, не успел я сделать и двадцати шагов, как снова увидел его. Я остановился и снял шляпу.

Император замедлил шаг, затем, увидев, что я продолжаю стоять с непокрытой головой, направился ко мне, слегка прихрамывая из-за какой-то старой раны. Я хорошо рассмотрел царя и заметил ту перемену, которая произошла в нем с тех пор, как девять лет назад я увидел его в Париже.

Лицо его, такое открытое и веселое прежде, носило теперь явные следы болезненной грусти. Видно было, что он, как поговаривали,

---

[1] Победа при Чесме. – Имеется в виду морское сражение между русской эскадрой и турецким флотом, происходившее в 1770 г. в бухте Чесма в Эгейском море. Сражение это завершилось уничтожением турецкого флота.

страдает меланхолией. Но вместе с тем его черты дышали такой добротой, что я решился сделать шаг вперед.

– Ваше величество… – сказал я.

– Что вы хотите?

– Ваше величество, разрешите подать вам прошение.

Я достал из кармана бумагу. Лицо государя омрачилось.

– Известно ли вам, сударь, – сказал он, – что я нарочно уезжаю из Петербурга, чтобы избавиться от этих прошений?

– Знаю, ваше величество, – отвечал я, – и не отрицаю смелости своего поступка. Но, быть может, для этого прошения вы сделаете исключение, потому что оно содержит ходатайство очень важного лица.

– Кого же именно? – спросил император.

– Августейшего брата вашего величества, его императорского высочества великого князя Константина.

– А, – произнес государь и протянул было руку, но тут же отдернул ее.

– Нет, сударь, – решительно произнес государь, – я не возьму его у вас, потому что завтра мне подадут тысячу прошений, и я вынужден буду бежать отсюда. Но, – продолжал он, – я посоветую вам бросить прошение в городской почтовый ящик. Я сегодня же получу его, а послезавтра вы будете иметь мой ответ.

Я последовал его совету и послал свое прошение по почте. И, как он говорил, два дня спустя получил ответ.

Это было свидетельство на звание учителя фехтования в императорском корпусе инженерных войск с присвоением мне чина капитана.

Глава седьмая

Как только мое положение определилось, я решил переехать из гостиницы «Лондон» на частную квартиру. В поисках ее я принялся бегать по городу, что помогло мне лучше ознакомиться с Петербургом и его обитателями.

Граф Алексей Анненков сдержал свое обещание. Благодаря ему я нашел ряд учеников, которых без его рекомендации я не получил бы в течение целого года. Ученики эти были: Нарышкин, граф Бобринский, незаконный сын Екатерины и Потемкина; командир Преображенского полка князь Трубецкой; [1] петербургский градоначальник генерал Горголи, несколько представителей лучших фамилий Петербурга и, наконец, два-три польских офицера, служивших в русской армии.

Первое, что меня особенно поразило у русских вельмож, – это их гостеприимство, добродетель, которая, как известно, редко уживается с цивилизацией. По примеру Людовика XIV, возведшего в потомственное дворянское достоинство шесть наиболее заслуженных парижских учителей фехтования, император Александр считал фехтование искусством, а не ремеслом. Недаром он пожаловал моим товарищам и мне довольно высокие офицерские чины. Ни в одной стране я не встречал такого аристократически-доброжелательного отношения к себе, как в Петербурге, отношения, которое не унижает того, кто оказывает его, но возвышает того, кому оно оказывается.

Гостеприимство русских тем приятнее для иностранцев, что в русских домах бывает весело благодаря именинам, рождениям и различным праздникам, которых в России множество. Таким образом, имея более или менее обширный круг знакомых, человек может

---

[1] Трубецкой Сергей Петрович (1790–1860) – князь, полковник, декабрист, один из руководителей Северного общества, осужден по первому разряду.

обедать по два-три раза в день и столько же раз бывать вечером на балах.

У учителей в России есть еще другое весьма приятное преимущество: на них смотрят здесь почти как на членов семьи. Любой учитель быстро становится не то другом, не то родным своих хозяев, и такое положение сохраняется за ним до тех пор, пока он сам того пожелает.

Именно такое отношение к себе я встретил в семьях некоторых моих учеников, особенно у петербургского градоначальника, генерала Горголи, одного из лучших, благороднейших людей, каких я когда-либо знал. Грек по происхождению, красавец собою, высокого роста, ловкий, прекрасно сложенный, он, как и граф Алексей Орлов и граф Бобринский, являл собою тип настоящего русского барина.

Весьма способный к спорту, начиная с верховой езды и кончая игрою в мяч, прекрасный фехтовальщик, человек великодушный, как древний боярин, Горголи был настоящим Провидением как иностранцев, так и своих сограждан, для которых был доступен в любое время дня и ночи.

В таком городе, как Санкт-Петербург, то есть в этой монархической Венеции, где слухи, едва возникнув, тут же замирают, где Мойка и Екатерининский канал, как Гвидеччи и д'Орфано в настоящей Венеции, безмолвно поглощают свои жертвы, где будочники, дежурящие на перекрестках, внушают обывателям скорее опасения, чем надежду на защиту, – генерал Горголи был всеобщим любимцем.

Видя его разъезжающим в дрожках, запряженных парой быстрых, как газели, лошадей, сменяемых по четыре раза в день, жители Петербурга чувствуют, что Провидение послало им недремлющее око, охраняющее их от всяких бед. В течение тех двадцати лет, что Горголи был полицеймейстером Петербурга, он не покинул города ни на один день.

Мне кажется поэтому, что нет другого такого города, где бы люди чувствовали себя так спокойно ночью, как в Санкт Петербурге. Полиция следит одновременно за заключенными в тюрьмах и за преступниками, которые еще гуляют на свободе. На улицах возвышаются там и сям деревянные башни значительно выше обыкновенных домов, большею частью двух-трехэтажные. День и ночь на этих башнях дежурят по два пожарных. Заметив далекое зарево, дым или огонь, они тотчас же звонят в колокол, находящийся во дворе пожарной части. Пока в бочки с водой впрягают лошадей, они указывают квартал города, где произошел пожар, куда тотчас же выезжают пожарные. Расстояние до разных пунктов города заранее вычислено, и они покрывают его в незначительное время. Это совсем не похоже на то, что бывает во Франции: у нас люди из загоревшегося дома сами бегут будить пожарных, а здесь, наоборот, пожарные будят тех, кто горит: вставайте, мол, ваш дом в огне. Что касается краж со взломом, в Петербурге их почти нечего бояться. Если грабитель или вор (это слово точнее характеризует подобного рода посягательства на чужую собственность) – человек русский, то он ни за что не взломает ни дверей, ни замка. Вы можете смело доверить любому мужику охрану целой квартиры, лишь бы она была заперта, или письмо, в которое вы при нем положите, скажем, десять тысяч рублей банковыми билетами, – и у вас ничего не пропадет, но не доверяйте ему нескольких копеек: он непременно их стянет.

Это относится к тем горожанам, которые сидят у себя дома.

А тем, кто находится на улице, нужно прежде всего опасаться будочников, поставленных для их защиты. Но эти будочники так трусливы, что один человек с пистолетом или даже с палкой в руке может прогнать их целый десяток. Поэтому они нападают обыкновенно на каких-нибудь запоздалых уличных девок, которые немного теряют, если их ограбят, и для которых изнасилование не составляет особой неприятности. Но есть и нечто хорошее в будочниках. Несмотря на фонари, ночью в Петербурге бывает так темно, что лошади рискуют на каждом шагу налететь друг на дружку, вот тут-то будочник незаменим. Глаза у него так зорки, что даже в полной темноте он различает неслышно приближающийся экипаж или сани и предупреждает седоков об опасности.

С сентября по март служба этих несчастных будочников, которым платят, как мне говорили, не больше двадцати рублей в год, становится еще тяжелее. Несмотря на теплую одежду, они сильно страдают от петербургских морозов. Ходить взад и вперед им надоедает: порой на них нападает такая сонливость, что они засыпают стоя. Когда проходящий мимо дежурный офицер заметит такого заснувшего будочника, он безжалостно отдубасит его для усиления кровообращения. Прошлой зимой, как мне рассказывали, стояли очень сильные морозы, и несколько будочников замерзли в своих будках.

Спустя несколько дней я нашел наконец подходящую квартиру в центре города, на Екатерининском канале. Квартира была меблирована, и мне оставалось только приобрести кушетку и кровать с матрацем, так как эта мебель в ходу лишь у знатных и богатых людей. Крестьяне спят на печах, а купцы на звериных шкурах или в креслах.

В восторге от того, что я наконец имею частную квартиру, я вернулся к Адмиралтейству, но по дороге мне захотелось помыться в русской бане. Я много слышал еще во Франции об этих банях, и теперь, проходя мимо, мне вздумалось воспользоваться случаем и помыться. Заплатив два с половиной рубля, или пятьдесят су на французские деньги, я получил билетик и с ним вошел в первую комнату, где раздеваются. Температура в ней была обыкновенная.

Пока я раздевался, ко мне подошел мальчик и спросил, есть ли со мной слуга, и, получив отрицательный ответ, снова спросил, кого я хочу взять в банщики: мальчика, мужчину или женщину. Само собой разумеется, подобный вопрос меня крайне озадачил. Мальчик объяснил мне, что при бане имеются банщики мальчики и мужчины. Что же касается женщин, то они живут в соседнем доме, откуда их всегда можно вызвать.

Когда банщик или банщица взяты, они тоже раздеваются догола и вместе с клиентом входят в соседнюю комнату, в которой поддерживается температура, равная температуре человеческого тела. Открыв дверь этой комнаты, я остолбенел: мне показалось, что какой-то новоявленный Мефистофель без моего ведома доставил меня на шабаш ведьм. Представьте себе человек триста мужчин, женщин и детей, совершенно голых, которые бьют друг друга вениками. Шум, гам, крики. Стыда у них ни малейшего: мужчины моют женщин, женщины – мужчин. В России на простой народ смотрят почти как на животных, и на такое совместное мытье полиция не обращает никакого внимания.

Минут через десять я пожаловался на жару и убежал, возмущенный этой безнравственностью, которая здесь, в Петербурге, считается настолько естественной, что о ней даже не говорят.

Я шел по Вознесенскому проспекту, думая о том, что увидел, когда путь мне преградило огромное скопление людей, пытавшихся проникнуть во двор какого-то роскошного особняка. Движимый любопытством, я смешался с толпой и понял, что весь этот народ ждет наказания кнутом одного из крепостных. Будучи не в силах присутствовать при подобном зрелище, я собрался было уйти, когда открылась дверь и две девушки вышли на балкон: одна из них поставила там кресло, другая – положила на него бархатную подушку. Вслед за ними появилась та особа, которая боялась ступать по голому полу, но не боялась смотреть на проливаемую кровь. В толпе пробежал шепот: «государыня, государыня»...

В самом деле, я узнал в этой женщине, закутанной в меха, уже виденную мною красавицу Машеньку. Оказывается, один из дворовых, ее бывший товарищ, чем-то оскорбил ее, и она потребовала, чтобы для острастки он был публично наказан кнутом. Месть ее не ограничилась этим, ибо она пожелала лично присутствовать при порке. Хотя Луиза и говорила мне о жестокости Машеньки, я подумал было, что красавица вышла на балкон, чтобы простить виновного или, по крайней мере, смягчить наложенное на него наказание, и остался среди зрителей.

«Государыня» услышала шепот, вызванный ее появлением, и посмотрела на толпу так надменно, с таким презрением, что это было под стать разве какой-нибудь царице. Затем она опустилась в кресло и, облокотясь на подушку одной рукой, стала гладить другой белую левретку, лежавшую у нее на коленях.

Ждали только ее, ибо тотчас же открылась низенькая дверь, и два мужика вывели несчастного со связанными руками, позади него шли двое других мужиков с кнутами в руках. Наказуемый был молодой человек, блондин с твердыми, энергичными чертами лица. В толпе стали перешептываться, и я услышал следующий рассказ.

Человек этот служил садовником у того самого министра, у которого «государыня» была когда-то дворовой девкой. Он полюбил ее, а она – его, и они уже хотели пожениться, когда министр обратил внимание на красавицу и решил возвести ее или уронить – как пожелаете – до звания своей любовницы. С тех пор по какому-то странному капризу она возненавидела своего бывшего жениха, который уже не раз испытал на себе последствия этой перемены. Можно было подумать, что она боится, как бы министр не заподозрил ее в нежных чувствах к садовнику. Накануне она встретила последнего в саду и, обменявшись с ним несколькими словами, закричала, что он ее оскорбил, а когда министр вернулся домой, потребовала, чтобы виновный был наказан.

Приспособления для экзекуции приготовили заранее. Они состояли из наклонной доски с железным ошейником и из двух столбов, поставленных по ее бокам, к ним привязывали руки истязуемого. Рукоять кнута около двух футов длиною с широким ремнем оканчивалась железным кольцом, к которому был прикреплен постепенно сужающийся ремешок, вдвое короче первого. Кончик этого ремешка замачивают в молоке, высушивают на солнце, и он становится твердым и острым, как нож.

Обыкновенно кнут меняют после каждых шести ударов, так как кровь размягчает его кожу, но здесь незачем было менять его, ибо наказуемый должен был получить двенадцать ударов, а тех, кто наказывал, было двое. Эти двое – кучера министра, люди привычные в обращении с кнутом. То, что они были исполнителями наказания, нисколько не портило их добрых отношений с истязуемыми, которые при случае платили им той же монетою, но не по злобе, конечно, а просто повинуясь приказу своего барина.

Случается, что наказующие тут же превращаются в наказуемых. Во время своего пребывания в России я не раз видел важных господ, которые, не имея под рукой кнута, в гневе приказывали своим провинившимся слугам бить друг друга кулаками. Повинуясь приказанию, несчастные начинали сперва неохотно и нерешительно наносить друг другу удары, но мало-помалу входили в раж и потом что есть мочи тузили друг друга, в то время как господа их кричали:

– Крепче бей его, мерзавца, крепче!

Наконец, полагая, что те достаточно отдубасили друг друга, господа кричали: «Довольно!» Драка тотчас же прекращалась, противники шли вместе мыть свои окровавленные лица и потом возвращались назад как ни в чем не бывало.

В этот раз осужденный не мог, очевидно, отделаться так дешево. Приготовления к наказанию произвели на меня отвратительное впечатление, но я тем не менее не уходил: я был пригвожден к месту, как бы загипнотизирован тем чувством, которое влечет одного человека туда, где страдает другой. Итак, я остался. Кроме того, мне хотелось видеть, до чего может дойти жестокость этой женщины.

Оба исполнителя подошли к молодому человеку, обнажили его до пояса, положили на доску, вдели голову в ошейник и привязали руки к боковым столбам. Затем один из них крикнул зрителям, чтобы они отошли и не мешали им, а другой взял в руки кнут и, поднявшись на цыпочки, со всего размаха ударил по обнаженной спине молодого садовника; кнут обвился вокруг его тела дважды, оставив на нем ярко-красную полосу. Несмотря на жесточайшую боль, молодой человек не издал ни единого звука. При втором ударе из раны закапала кровь, а при третьем – она побежала ручьем. Дальше кнут впивался уже в живое мясо, и ремешок его так намокал в крови, что после каждого удара кучеру приходилось выжимать его.

После шести ударов одного кучера сменил другой, который тоже нанес истязуемому шесть ударов. Молодой садовник лежал без движения, точно мертвый, лишь судорожные движения рук при каждом ударе указывали на то, что он жив.

По окончании наказания садовника отвязали. Почти в беспамятстве он уже не мог стоять на ногах, и все же во время наказания не издал ни единого крика, ни единого стона. Признаюсь, такой выносливости, такой твердости я еще не видал.

Два мужика взяли садовника под руки и повели в ту дверь, через которую он пришел. На пороге молодой садовник обернулся и, взглянув на «государыню», крикнул ей несколько слов «по-русски», которых я не понял. Видимо, это были опять какие-нибудь ругательства или угрозы, потому что мужики быстро втолкнули его в дверь. «Государыня» ответила на это новое оскорбление презрительной улыбкой, достала из коробочки несколько конфеток и, опираясь на руку одной из своих девушек, ушла с балкона.

Дверь за ней затворилась, и толпа, видя, что все кончено, стала молча расходиться. Иные качали головами, точно желая сказать, что за такую бесчеловечность красавица Машенька будет рано или поздно наказана.

Глава восьмая

Екатерина Великая говорила, что в Петербурге лета не бывает, а есть две зимы: одна – белая, а другая – зеленая.

Мы быстрыми шагами приближались к белой зиме, и что касается меня, то я должен сознаться, что ждал ее наступления не без любопытства. Я люблю видеть страну в ее наиболее характерном обличье, ибо лишь тогда сказывается ее подлинный характер. Вот почему, если вы хотите видеть в Петербурге лето, а в Неаполе зиму, оставайтесь лучше во Франции, так как ни того ни другого вы в этих городах не найдете.

Великий князь Константин возвратился в Варшаву, не открыв того заговора, ради которого приезжал в Петербург, а император Александр, озабоченный этим заговором, еще более печальный, чем прежде, покинул свой царскосельский парк, деревья которого уже усеяли землю желтыми листьями.

Жаркие дни и белые ночи миновали. Не было больше ясного лазоревого неба; Нева не катила больше своих синих вод, на ней не было больше лодок с женщинами и цветами, не слышно было и нежной музыки. Мне еще раз захотелось увидеть очаровательные острова, которые были покрыты при моем приезде роскошной растительностью и разнообразными цветами, но теперь – увы! – цветов уже не было. Я бродил по островам, ища дворцы, но видел только одни окутанные туманом барки, возле которых березы печально покачивали своими обнаженными ветвями. Здешние обитатели – нарядные летние бабочки – уже сбежали в Санкт-Петербург.

Я последовал совету, данному мне за табльдотом на следующий день после моего приезда соотечественником моим – лионцем, и, одевшись в купленные у него меха, бегал по урокам из конца в конец города. Впрочем, уроки эти проходили больше в разговорах, чем в упражнениях. Генерал Горголи, пробыв тринадцать лет полицеймейстером Петербурга и выйдя в отставку после размолвки с военным губернатором генералом Милорадовичем, [1] ощущал необходимость в хорошем отдыхе по окончании своей тяжелой и продолжительной службы.

Он часто задерживал меня часами, дружески расспрашивая о Франции и о моих делах. Граф Бобринский, относившийся ко мне превосходно, не переставал делать мне подарки; он подарил мне даже великолепную турецкую саблю. Что же касается графа Алексея Анненкова, то он оставался моим самым благожелательным покровителем, но виделись мы очень редко, так как он был постоянно чем-то занят со своими друзьями то в Петербурге, то в Москве. Несмотря на двести лье, разделяющих обе столицы, он постоянно был в разъезде: русский человек являет собой странную смесь противоречий и, вялый по темпераменту, нередко предается со скуки лихорадочной деятельности.

Время от времени я встречал его у Луизы. Бедная моя соотечественница становилась с каждым днем печальнее. Когда она бывала одна, я спрашивал ее о причине этой грусти, которую приписывал ревности. Но однажды в ответ на мои слова Луиза отрицательно покачала головой и отозвалась о графе Алексее с таким доверием, что я отказался от своих подозрений. Я вспомнил, что она рассказывала мне о тоске, заставившей его примкнуть к заговору, о котором теперь поговаривали в Петербурге, еще не зная, кто в нем участвует и против кого он, собственно, направлен. Надо отдать справедливость графу Анненкову, что в нем не было заметно никакой перемены: он оставался таким же, каким был раньше. Макиавелли,[2] который считал Константинополь лучшей школой для заговорщиков, был, очевидно, не прав по отношению к златоглавой Москве.

---

[1] Милорадович Михаил Андреевич (1771–1825) – граф, генерал-губернатор Петербурга, был смертельно ранен 14 декабря 1825 г. декабристом Каховским.

[2] Макиавелли Николо ди Бернардо (1469–1527) – итальянский политический деятель и историк. Макиавеллизм – олицетворение политики, не останавливающейся ни перед какими, даже преступными, средствами.

Наступило 9 ноября 1824 года. Густой туман окутал столицу. Три дня подряд с Финского залива дул сильный, холодный юго-западный ветер, Нева вздулась и стала бурной, как море. На набережных толпились люди и, несмотря на холодный ветер, с беспокойством следили за быстрым подъемом воды в Неве. Уровень воды поднялся также в Фонтанке, Мойке и других речках. Что-то мрачное, предвещавшее приближение беды, чувствовалось в самой атмосфере Петербурга.

Наступил вечер. Повсюду были усилены посты для охраны города.

Ночью разразилась сильная буря. Было приказано развести мосты, чтобы суда и лодки, бывшие на Неве, могли найти безопасную стоянку.

Я оставался до полуночи у Луизы. Она была очень напугана тем, что граф Алексей получил приказ не отлучаться из кавалергардских казарм. В городе были приняты такие же меры, как во время военного положения. Я вышел на набережную. Нева бурлила, вздымая высокие волны, и со стороны моря время от времени доносились странные звуки, напоминавшие протяжные вздохи.

Придя домой, я увидел, что еще никто не ложился спать. Во дворе у нас появилась вода и стала заливать нижний этаж дома. Говорили, что гранитная набережная местами разрушена, и вода хлещет в пробоины. Действительно, повсюду на мостовой стала появляться вода, но, не веря в возможность наводнения, я преспокойно лег спать, тем более что квартира моя находилась на третьем этаже, где я мог считать себя в безопасности. Однако всеобщее возбуждение так подействовало на меня, что я долго не мог заснуть, наконец усталость и шум бури усыпили меня.

Я проснулся около восьми часов утра, разбуженный пушечным выстрелом. Подбежав к окну, я увидел, что улица кишит народом, и, наскоро одевшись, поспешил вниз.

– Что случилось? Почему стреляют? – спросил я у какого-то человека, который нес матрасы на второй этаж.

– Вода поднимается! Наводнение! – отвечал он.

Я спустился на первый этаж, где вода доходила уже до щиколоток, хотя пол там был выше уровня мостовой. Выглянув на улицу, я увидел, что вся ее середина покрыта водой, которая местами заливает тротуары.

Заметив извозчика, я подозвал его. Он отказался ехать, но двадцатирублевая бумажка положила конец его колебаниям. Я вскочил в пролетку и велел ехать на Невский проспект. Вода доходила лошади до подколенок. Каждые пять минут раздавался пушечный выстрел. Встречные кричали нам: «Вода! Потоп!»

Я кое-как добрался до Луизы. У дверей ее дома я увидел какого-то верхового. Оказывается, он прискакал от графа Анненкова, который просил Луизу подняться на самый верх дома, чтобы наводнение не застало ее врасплох. Между тем ветер перекинулся на запад и гнал воду из Финского залива в Неву, так что море, казалось, боролось с рекою. Исполнив поручение, солдат мигом поскакал обратно, поднимая вокруг себя целые фонтаны воды. Пушка продолжала стрелять.

Я приехал вовремя. Луиза была до смерти перепугана, и боялась она, вероятно, не столько за себя, сколько за графа Алексея: кавалергардским казармам наводнение угрожало прежде всего. Однако приезд посыльного немного ее успокоил. Мы вместе вышли на террасу, откуда в хорошую погоду далеко было видно. Но теперь туман стал так густ, что вдали ничего нельзя было различить. Пушечные выстрелы участились. На Адмиралтейской площади мы увидели нескольких извозчиков, спасавшихся от наводнения. Они съехались сюда в надежде хорошо заработать, но им самим пришлось спасаться бегством – так быстро прибывала вода. Они гнали своих лошадей вскачь, крича: «Потоп! Потоп!» Действительно, за ними как бы гнались морские волны, которые, перехлестнув через парапет набережной, достигли подножия памятника Петру I. Нева вышла из берегов.

На балконе Зимнего дворца появились люди в мундирах. Это был император со своим штабом, он отдавал приказания, так как опасность нарастала с каждой минутой. Видя, что вода поднялась до половины крепостной стены, он вспомнил о несчастных узниках, находившихся в казематах, зарешеченные окна которых выходили на Неву. Он велел одному из приближенных плыть туда в лодке и приказать от его имени коменданту крепости немедленно перевести заключенных в безопасное место. Но приказ пришел слишком поздно: среди общей растерянности об узниках позабыли, и они все погибли.

Вода несла теперь по улицам обломки домов: то были жалкие деревянные лачуги Нарвского района, которые не выстояли против урагана и были смыты вместе с их несчастными обитателями.

На наших глазах какой-то лодочник выловил труп мужчины. Трудно передать, какое впечатление произвел на нас этот первый увиденный нами утопленник.

Вода продолжала прибывать с устрашающей быстротой. Все три городских канала, выйдя из берегов, вынесли на затопленные улицы баржи с камнями, хлебом или фуражом. Иной раз какой-нибудь человек, уцепившись за такой плавучий остров, подавал сигналы лодкам, моля о помощи. Но подплыть к нему было нелегко, так на улицах бушевали волны, зажатые с обеих сторон домами. Одни из этих несчастных были смыты водой до прибытия желанной помощи, другие с ужасом наблюдали за гибелью своих спасителей.

Наш дом дрожал под напором волн, заливших весь первый этаж, и казалось, что он вот-вот рухнет. Среди разбушевавшейся стихии Луиза не переставала повторять:

– Боже мой, а как же Алексей?! Что будет с Алексеем?

Всюду царил неописуемый хаос. Суда сталкивались и разбивались. Обломки их плыли среди остатков домов, мебели и трупов людей и животных. По воде неслись гробы, вымытые из могил. Деревянный могильный крест, снесенный с какого-то кладбища, был найден в спальне императора – зловещее предзнаменование!

Вода прибывала в течение двенадцати часов. Первые этажи домов были залиты ею, а в некоторых кварталах она достигла уже третьего этажа. К вечеру вода стала спадать, так как ветер переменился и задул с севера: Нева снова катила свои воды в море, которое до этого стояло перед ней стеной. Если бы западный ветер продолжался еще двенадцать часов, весь Петербург и его обитатели погибли бы, как некогда погибли во время потопа целые города.

Вечером лодка пристала к третьему этажу. Еще издали Луиза стала обмениваться радостными знаками с человеком, находившимся в ней, которого она узнала по мундиру. То был солдат кавалергардского полка, который снова принес известие о графе Анненкове. В ответ Луиза написала карандашом несколько успокоительных строк. Я со своей стороны сделал приписку, в которой обещал графу не оставлять Луизу.

Вода продолжала спадать, ветер по-прежнему дул с севера, и мы спустились с террасы на третий этаж. Здесь нам и пришлось провести ночь, потому что во второй этаж нельзя было войти: правда, вода схлынула оттуда, но все было намочено, разрушено, окна и двери поломаны, а полы покрыты остатками мебели.

Третий раз в этом столетии Петербург подвергался наводнению. Странный контраст с Неаполем, которому на другом конце Европы постоянно угрожает подземный огонь!

На следующий день в городе было уже мало воды. На мостовых валялись обломки мебели и трупы утопленников. По этим обломкам и по числу погибших можно было судить о размерах беды, постигшей столицу.

Во время этой Божьей кары в Петербурге разыгралась драма – акт человеческой мести.

В одиннадцать часов ночи министр, любовник «государыни», был призван к государю и, уезжая в Зимний дворец, наказал ей укрыться в апартаментах, не доступных наводнению. Дом этот был пятиэтажный, самый высокий на Вознесенском проспекте.

«Государыня» осталась одна со своими слугами. Министр пробыл во дворце два дня, иначе говоря, все время, пока длилось наводнение. Освободившись, он поспешил к себе. Вода поднималась здесь на семнадцать футов, и дом, естественно, оказался покинутым.

Беспокоясь о своей красавице любовнице, он бросился в спальню. Дверь ее, единственная уцелевшая во всем доме, была заперта, а все прочие сорваны с петель и унесены водою. Он стал стучать, звать, кричать, но ему никто не ответил. Тогда он высадил дверь.

«Государыня» лежала посреди комнаты, но не вода была причиной ее смерти: труп был обезглавлен.

В ужасе министр стал звать на помощь с того самого балкона, с которого его любовница наблюдала наказание своего прежнего жениха. Несколько слуг поспешили на его зов и нашли министра на коленях перед обезглавленным трупом «государыни».

Осмотрели комнату и обнаружили голову убитой под кроватью. Около головы лежали большие ножницы, которыми подстригают деревья и выравнивают изгороди в садах: они и послужили, очевидно, орудием убийства.

При виде этого жуткого зрелища слуги министра разбежались, но вечером и на следующий день все вернулись обратно. Единственный, кто не вернулся, был наказанный кнутом садовник.

Глава девятая

Приближалась зима. Едва мы избавились от бедствий наводнения, как нам стал угрожать новый враг, к борьбе с которым предстояло спешно подготовиться: наступило уже десятое ноября. Суда, не получившие аварий, поторопились выйти в открытое море, с тем чтобы вернуться, наподобие ласточек, не ранее будущей весны. Мосты были наведены, и население, успокоившись, ожидало первых морозов. Они начались третьего декабря, а четвертого выпал первый снег, и при пяти-шестиградусном морозе установился санный путь. Это было большим счастьем, ибо во время наводнения погибли все заготовленные на зиму припасы и, не будь этого пути, городу грозил бы голод.

Благодаря саням, которые по быстроте своей могут поспорить с паровой тягой, со всех концов государства в столицу стали подвозить в огромных бочках со снегом всяческую дичь – куропаток, глухарей, диких уток, рябчиков. На базарах появилось множество рыбы, доставляемой с Черного моря и с Волги, а также разного домашнего скота и домашней птицы, битой и живой.

Одевшись в свою белую зимнюю одежду, Петербург предстал передо мной в любопытном, новом для меня обличье. А главное, я без устали катался в санях: испытываешь особое удовольствие, когда сани скользят по гладкому, как лед, снегу, и лошади, подбадриваемые холодом, не бегут, а летят, словно и не везут никакой тяжести. Эти первые зимние дни были для меня тем более приятны, что зима этого года, против обыкновения, установилась исподволь. Морозы постепенно дошли до двадцати градусов, но я их почти не замечал благодаря моей шубе и прочей теплой одежде. При двенадцати градусах Нева стала.

Погода стояла ясная, но очень морозная, – такой до сих пор еще не было, но я тем не менее решил отправиться по своим урокам пешком. Я надел меховые сапоги, большую каракулевую шубу, надвинул на голову шапку с наушниками, нацепил на шею кашемировую шаль и вышел на улицу весь закутанный – виднелся лишь кончик моего носа.

Сначала все шло превосходно. Я даже удивлялся, как мало на меня влияет холод, и посмеивался в душе над всеми россказнями о жестоких морозах в России, радуясь, что я так хорошо акклиматизировался. Двух своих учеников, Бобринского и Нарышкина, к которым я направился сначала, не оказалось дома, и я подумал, что судьба иногда устраивает нам премилые сюрпризы. Между тем встречавшиеся мне пешеходы с беспокойством посматривали на меня, но ничего не говорили. Вскоре навстречу мне попался какой-то господин, по-видимому, более общительный, чем другие. Увидев меня, он крикнул: «Нос!» Я не знал, что это означает по-русски, и думал, что не стоит задерживаться из-за односложного слова, а потому спокойно продолжал свой путь.

На углу Гороховой мне повстречался мчавшийся во весь дух извозчик, но и он крикнул мне: «Нос, нос!» Наконец, на Адмиралтейской площади какой то мужичок, увидев меня, ничего не сказал, но, схватив пригоршню снега, прежде нежели я успел опомниться, стал изо всех сил растирать мне лицо, в особенности нос. Я нашел эту шутку не слишком удачной, тем более по такому холоду, и дал ему такого тумака, что он отлетел шагов на десять.

К несчастью или, вернее, к счастью для меня, мимо проходило двое крестьян. Взглянув на меня, они схватили меня за руки, в то время как мой вошедший в раж мужичок по-прежнему стал тереть мне лицо снегом, пользуясь тем, что я уже не могу защищаться. Думая, что я стал жертвой недоразумения или попал в ловушку, я изо всех сил стал взывать о помощи. Прибежал какой-то офицер и по-французски спросил меня, в чем дело.

– Ради бога, – воскликнул я, делая попытку освободиться от трех мужичков, – разве вы не видите, что они со мной делают?!

– А что?

– Они трут мне лицо снегом! Не находите ли вы, что это плохая шутка по такому морозу?

– Простите, сударь, но ведь они вам оказывают огромную услугу, – сказал офицер, пристально всматриваясь мне в лицо.

– Какую услугу?

– Ведь у вас нос отморожен!

– Что вы говорите! – вскричал я, хватаясь за нос.

В это время какой-то прохожий обратился к моему собеседнику:

– Ваше благородие, вы отморозили себе нос.

– Благодарю вас, – ответил офицер, точно ему сообщили самую обыкновенную и притом приятную новость.

Нагнувшись, он взял горсть снега и стал оказывать себе ту самую услугу, которую оказал мне бедный мужик, а я еще так грубо отплатил за его любезность.

– Значит, сударь, – сказал я офицеру, – без этого мужичка…

– Вы остались бы без носа, – заметил офицер, продолжая растирать свой нос.

– В таком случае позвольте…

И я бросился вслед за мужичком, который, думая, что я хочу его избить, пустился наутек. Так как страх больше окрыляет, нежели благодарность, я, вероятно, не догнал бы своего спасителя, если бы несколько человек не схватили его, думая, что это обокравший меня воришка. Подбежав, я увидел, что мужичок пытается втолковать собравшейся толпе, что если он и виновен в чем-нибудь, то лишь в чрезмерном человеколюбии.

Я дал ему десять рублей, и этим все завершилось. Мужик долго кланялся и благодарил меня, а один из присутствующих сказал мне по-французски, что во время прогулок мне следует обращать больше внимания на свой нос. Излишне говорить, что я на всю жизнь запомнил этот добрый совет.

Несколько дней спустя я отправился к учителю фехтования Синебрюхову, где генерал Горголи назначил мне свидание. Я рассказал генералу эту историю, и он спросил, не предупреждал ли меня кто-нибудь на улице до сердобольного мужичка. Я ответил, что двое встречных прокричали мне: «нос, нос!», но я не понял этого слова.

– Они просили вас, – сказал он, – обратить внимание на свой нос. Имейте в виду, это очень принято у нас зимою.

Генерал Горголи был совершенно прав. Но в Петербурге нужно боятья отморозить не только нос и уши, о чем вас предупредит всякий встречный, – гораздо опаснее отморозить себе какую-нибудь часть тела, скрытую под одеждой, ибо об этом никто из окружающих вас предупредить не может. Прошлой зимой некий француз, по имени Пиерсон, стал по своей неосторожности жертвой подобного несчастья.

Агент одного из крупнейших парижских банков, господин Пиерсон выехал в Петербург с крупной суммой денег, которую он должен был передать русскому правительству в счет сделанного в Париже займа. В день его отъезда из Парижа стояла чудная погода, и он не принял никаких мер предосторожности против холода в дороге. В Риге погода была еще довольно сносная, так что Пиерсон не счел нужным обзавестись шубой, меховыми сапогами и прочим. Но едва он отъехал от Ревеля, как пошел снег, да такой густой, что ямщик сбился с дороги и опрокинул сани в ров.

Так как они не могли вытянуть саней вдвоем, ямщик выпряг одну из лошадей и поскакал за помощью, а Пиерсон, боясь в наступающей темноте бросить воз с деньгами на произвол судьбы, остался, чтобы стеречь его. Снег перестал, подул северный ветер и сильно похолодало. Зная, какой опасности он подвергается на морозе, Пиерсон принялся ходить возле саней. Через три часа вернулся ямщик с людьми и лошадьми, сани были вытащены, и Пиерсон вскоре добрался до ближайшей почтовой станции.

Станционный смотритель, у которого были взяты лошади, с беспокойством ожидал путешественника и, как только тот вышел из саней, спросил, не отморозил ли он себе рук или ног. Пиерсон ответил, что, по-видимому, ничего себе не отморозил, так как все время был в движении, и полагает, что благодаря этому остался цел и невредим. Он показал свое лицо и руки: они не пострадали.

Пиерсон чувствовал все же огромную усталость и, не желая пускаться в путь ночью из боязни какой-нибудь новой беды, принял решение переночевать на почтовой станции. Он велел согреть постель, выпил стакан вина и лег спать.

Проснувшись на следующее утро, Пиерсон попытался встать, но ему показалось, что он прикован к постели, парализован: он с трудом дотянулся до колокольчика и позвонил. Поднялась суматоха, побежали за врачом. Тот нашел, что у путешественника отморожены икры и начинается гангрена обеих ног: необходима немедленная ампутация.

Как ни страшна эта операция, Пиерсон соглашается подвергнуться ей. Врач посылает за инструментами и уже намеревается приступить к делу, когда пациент начинает жаловаться на расстройство зрения: он не различает даже ближайших предметов. Доктор понимает, что положение больного гораздо хуже, чем ему показалось поначалу, и вновь принимается обследовать его. Оказывается, что у несчастного отморожена также спина и там тоже началась гангрена.

Однако врач не говорит об этом Пиерсону, напротив, успокаивает его, обещает, что все пойдет на лад, что ему вскоре станет лучше, недаром его, видимо, опять клонит ко сну. Тот отвечает, что ему и в самом деле хочется спать. Он засыпает и через четверть часа умирает во сне.

Если бы удалось сразу обнаружить, что у Пиерсона отморожены и ноги и спина, если бы их тут же растерли снегом, как это сделал с моим носом тот добросердечный мужик, несчастный смог бы как ни в чем не бывало отправиться в путь на следующий же день.

Случай с моим носом послужил мне хорошим уроком и, не желая более утруждать прохожих, я выходил теперь из дома не иначе как с маленьким зеркалом в кармане и каждые десять – пятнадцать минут сверялся по нему, все ли у меня в порядке.

Спустя неделю зима в Петербурге вступила в свои права. Нева окончательно замерзла, и по ней стали ходить и ездить. Вместо экипажей всюду появились сани, Невский проспект превратился в своеобразный Лоншан[1] с массой катающихся по нему людей, в церквах топились печи, перед театрами и на многих улицах горели костры, вокруг которых грелись слуги в ожидании своих господ. Что до кучеров, то заботливые хозяева отсылали их домой, наказав вернуться обратно в определенный час. Но главными жертвами холодов оказались солдаты и будочники: не проходило ночи, чтобы кто-нибудь из них не замерз.

Морозы все крепчали. В окрестностях Петербурга появились стаи волков, и однажды утром несколько волков были замечены на Литейном. Правда, выглядели они вполне мирно и были скорее похожи на нищих, просящих подаяние, чем на грабителей и убийц. Их все же забили палками.

В тот же вечер я рассказал о волках графу Анненкову, а он сообщил мне, в свою очередь, о грандиозной охоте на медведей, которая затевается на днях в десяти – двенадцати верстах от города. Охоту эту устраивает граф Нарышкин,[2] один из моих учеников, и я попросил Анненкова передать ему, что я очень желал бы принять в ней участие. На следующий день я получил от Нарышкина приглашение с перечнем не увеселений, а предметов охотничьего снаряжения – костюма, подбитого и отороченного мехом, подобия кожаной каски на меху, закрывающей, как пелерина, плечи, и латной рукавицы на правую руку, в которой охотнику надлежало держать кинжал.

Эти условия, которые по моей просьбе мне повторили несколько раз, охладили до известной степени мой охотничий пыл. Однако мне не хотелось отставать от других – я приобрел и костюм, и каску, и кинжал.

Накануне я засиделся у Луизы допоздна и вернулся домой далеко за полночь. Тут мне пришло в голову прорепетировать охоту на медведя: я положил свои подушки, изображавшие медведя, на кресло

---

[1] Лоншан — одна из главных улиц Парижа.

[2] Нарышкин Михаил Михайлович (1798–1863) – полковник Тарутинского пехотного полка, декабрист, член Северного общества.

и, вооружившись кинжалом, бросился на этого воображаемого зверя, стараясь нанести ему смертельный удар под шестое ребро. Вдруг я услышал в трубе камина какой-то подозрительный шорох. Я подбежал к камину и, всунув туда голову, заметил некий странный предмет: я не мог разглядеть его, так как он тотчас же поднялся вверх и исчез.

Я не сомневался, что это был вор, который хотел проникнуть ко мне через трубу и, увидев, что я не сплю, поспешно обратился в бегство. Я несколько раз крикнул: «Кто там?» – никто мне не отвечал, что явно подтверждало мое предположение. Я не ложился еще около получаса и, более не слыша ничего подозрительного, решил, что вор убежал и не вернется. Поэтому, забаррикадировав чем только мог камин, я лег спать.

Я проспал не более четверти часа, когда услышал чьи-то шаги в коридоре. Напуганный непонятной историей с камином, я вскочил с постели и прислушался. Не подлежало сомнению, что кто-то крадучись приближается к моей двери и под его шагами слегка потрескивает паркет, хотя, по-видимому, он ступает с величайшей осторожностью. Шаги остановились у моей двери: злоумышленник явно не решался идти дальше. Я надел каску, приготовленную для охоты, взял кинжал и замер в ожидании.

Вскоре я услышал, что кто-то открыл мою дверь, и при свете фонаря, оставленного в коридоре, увидел странную фигуру, лицо которой, как мне показалось, скрыто под маской. Я подумал, что лучше нападать, чем ждать нападения. И, видя, что непрошеный гость прямиком направился к камину, как человек, хорошо знакомый с моей комнатой, я бросился на него, схватил за горло, повалил на пол и, приставив кинжал к его груди, спросил, кто он и зачем сюда явился.

К моему великому удивлению, злоумышленник мой стал истошно кричать и звать на помощь. Тогда я выбежал в коридор и схватил фонарь, чтобы при его свете рассмотреть, с кем имею дело. Но хотя тут же вернулся с фонарем, вор точно в воду канул. Я опять услышал шорох в трубе, однако успел увидеть лишь чьи-то подошвы и штаны, которые исчезли с величайшей быстротой. Я был в полном недоумении.

Один из моих соседей, услышав душераздирающие крики в моей комнате, прибежал ко мне на помощь, думая, что меня убивают. Он застал меня на ногах, в охотничьей каске, с фонарем и кинжалом в руках. Увидев меня в таком нелепом виде, он, естественно, подумал, что я сошел с ума.

В доказательство того, что я нахожусь в здравом уме, я рассказал ему всю историю. Сосед разразился хохотом: оказывается, я одержал победу над трубочистом! Я мог бы усомниться в этом, но мои руки, рубашка и даже лицо, испачканные сажей, доказывали справедливость его слов. Ту т он пустился в объяснения, и я перестал сомневаться.

Во Франции даже зимой трубочисты – залетные птицы, поющие только раз в год с высоты дымовых труб. Между тем в Петербурге без них просто нельзя обойтись, и они появляются в каждом доме регулярно два раза в месяц. Но работа их проходит по ночам, так как днем идет топка печей. Работая по договоренности с домовладельцами, трубочисты чистят трубы по ночам, а затем спускаются в квартиры, чтобы выбрать ту сажу, которая накопилась внизу. Петербуржцы знают это и не беспокоятся при ночном посещении трубочиста. К несчастью, меня забыли предупредить об этом, и, явившись ко мне впервые, трубочист едва не стал жертвой моего стремительного нападения.

На следующий день я убедился, что сосед сказал мне сущую правду: домохозяйка пришла ко мне утром и заявила, что трубочист требует обратно свой фонарь.

В три часа дня мы с графом Анненковым отправились в его великолепных санях в загородное имение Нарышкина – место сбора охотников. Мы прибыли туда часов в пять пополудни и застали в сборе почти всех охотников. Вскоре приехали запоздавшие, и нас пригласили к столу.

Нужно отобедать у русских вельмож, чтобы иметь представление об их роскоши. Была середина декабря, и, когда я вошел в столовую, меня больше всего поразило великолепное вишневое дерево, усыпанное вишнями, которое стояло посреди стола. Можно было подумать, что находишься во Франции в середине лета. Вокруг этого дерева лежали горы апельсинов, ананасов и винограда – такой десерт трудно было бы найти в Париже даже в сентябре. Я уверен, что один этот десерт стоил больше трех тысяч.

Мы сели за стол. В то время в Петербурге существовал превосходный обычай: гости сами себя угощали напитками, и потому перед каждым из нас стояло по пяти бутылок вин разных марок. Что касается еды, то здесь было решительно все, начиная с архангельской телятины и кончая самой разнообразной дичью.

После первого блюда в залу вошел метрдотель, неся на серебряном блюде двух неизвестных мне живых рыб. При виде их все гости ахнули от удивления: то были две стерляди. Так как стерляди водятся только в Волге, расстояние от нее до Петербурга не меньше трехсот пятидесяти лье, и могут жить только в волжской воде, пришлось везти их в течение пяти дней и пяти ночей в крытом и отапливаемом возке, чтобы вода в той посудине, где они помещались, не замерзла.

Каждая из этих рыб стоила восемьсот рублей, то есть более тысячи шестисот франков. Блаженной памяти Потемкин и тот не придумал бы ничего лучшего!

Через десять минут рыбы снова появились на столе уже в вареном виде с гарниром из горошка, спаржи, зеленых бобов и прочих овощей.

По окончании обеда сотрапезники перешли в другую залу, где стояли карточные столы. В игре я участия не принимал, а был только наблюдателем. Когда я отправился спать, то есть часов в двенадцать, уже было проиграно в общей сложности около трехсот тысяч рублей и двадцать пять тысяч крестьян.

На следующий день меня разбудили чуть свет. Доезжачие донесли, что в близлежащих лесах поднято пять медведей. Я услышал эту приятную весть с легким содроганием. Как бы ты ни был храбр, но всегда испытываешь волнение в ожидании встречи, особенно в первый раз, с неведомым тебе врагом.

Тем не менее я бодро надел свой костюм, в котором вполне мог не бояться холода. Точно готовясь принять участие в нашем празднестве, солнце сияло. Под его лучами температура поднялась до пятнадцати градусов ниже нуля, и следовало ожидать, что днем еще потеплеет.

Охотники были одеты столь однообразно, что мы с трудом узнавали друг друга. У подъезда нас ждали сани, и через несколько минут мы уже были на месте.

Мы подъехали к прекрасной деревенской избе с огромной печью и с образом в углу, перед которым, по русскому обычаю, все перекрестились. Нас ждал здесь завтрак, которому мы оказали честь. Но я заметил, что, против своего обыкновения, никто из охотников не пил. Впрочем, это вполне понятно: перед поединком никто не напивается, а ведь предстоявшая нам охота была настоящим поединком.

К концу завтрака на пороге появился один из доезжачих – это означало, что пора собираться в путь. Каждый из нас получил по заряженному карабину, который разрешалось пускать в ход лишь в момент наиболее грозной опасности. Кроме того, нам вручили по пяти или шести жестяных кружков – их бросают в медведя, чтобы его рассердить.

Шагах в ста от избы мы увидели лесной участок, оцепленный музыкантами, из которых состоял роговой оркестр Нарышкина, тот самый, что вызвал мое восхищение во время белых ночей на Неве. Каждый музыкант держал в руке рожок, готовясь затрубить в него, когда настанет время. Таким образом, откуда бы медведь ни явился, звуки рожков должны были испугать его. Между музыкантами стояли мужики с ружьями, заряженными порохом, чтобы холостыми выстрелами усилить шум, производимый рожками. Мы сразу же углубились в огороженное таким образом лесное пространство.

В ту же минуту затрубили рожки и запалили ружья. Шум этот произвел на охотников такое же действие, как военная музыка на солдат в начале сражения. Я был охвачен таким воинственным пылом, которого никак не предполагал у себя еще пять минут назад.

Меня поставили между графом Анненковым и одним из доезжачих Нарышкина, которому вследствие моей неопытности поручено было наблюдать за мною. Я обещал Луизе оберегать графа, а на деле он оберегал меня. Влево от него стоял граф Никита Муравьев,[1] с которым Анненков был связан тесной дружбой, а за Муравьевым, насколько я мог разглядеть сквозь деревья, – Нарышкин. Кто находился дальше – я не видел.

Прошло минут десять, как вдруг раздались крики: «Медведь, медведь!» – и последовало несколько выстрелов. На нас шел медведь, испуганный шумом музыки и выстрелами. Оба соседа сделали мне знак приготовиться. Вскоре мы услышали шум ломаемых ветвей и глухое рычание. Несмотря на холод, меня ударило в пот. Я поглядел на своих соседей – они были совершенно спокойны, и я тоже постарался овладеть собой. В это мгновение между мною и графом Алексеем появился медведь.

Моим первым движением было бросить кинжал и схватить ружье. Медведь остановился и с удивлением посмотрел на нас; он, очевидно, колебался, не знал, на кого из нас броситься, но граф не дал ему времени на размышление. Зная мою неопытность, он решил привлечь внимание зверя к себе и, выступив вперед, бросил в него жестяной кружок, который держал наготове. Медведь с невероятной ловкостью схватил этот кружок и смял его в лапах, продолжая реветь. Граф сделал еще один шаг и бросил второй кружок. Медведь схватил и этот кружок и разгрыз его зубами. Чтобы еще больше рассердить зверя, граф бросил ему третий кружок. Но на этот раз медведь, видно, решил, что не стоит возиться с неодушевленными предметами, он повернул голову в сторону графа и, страшно заревев, пошел на него, их разделяло теперь не более десяти футов. Граф издал резкий свист,

---

[1] Муравьев Никита Михайлович (1796–1843) – капитан гвардейского генерального штаба, декабрист, один из руководителей Северного общества, автор «Конституции». Осужден по первому разряду.

медведь тотчас же стал на задние лапы. Именно этого и ждал граф: он бросился на зверя, который вытянул вперед передние лапы, как бы желая схватить его, но тут же страшно заревел, зашатался и упал мертвым. Кинжал поразил его в самое сердце.

Я подбежал к графу, так как опасался, что он ранен, и нашел его совершенно спокойным, точно ничего не случилось. Я мог только удивляться такому мужеству. Сам я весь дрожал, хотя был всего только зрителем этого поединка.

– Вы видите, – сказал мне граф, – это не особенно трудно. Помогите мне, пожалуйста, повернуть медведя, я хочу, чтобы вы поняли, куда именно нужно наносить удар.

Мы с трудом повернули огромную медвежью тушу. Кинжал вошел в грудь зверя по самую рукоять. Граф вытащил его и вытер о снег. В этот момент мы снова услышали крики и увидели, что охотник, стоявший слева от Нарышкина, в свою очередь, расправляется с медведем:

здесь борьба длилась несколько дольше, но медведь тоже был убит.

Эти две победы привели меня в полное восхищение. Остатки моего страха улетучились. Я почувствовал себя Геркулесом, побеждающим Немейского льва,[1] и мне захотелось испытать свои силы.

Случай не заставил себя долго ждать. Едва мы отошли шагов на двести от места, где лежали туши обоих медведей, как я увидел еще одного медведя. Я бросил ему жестяной кружок. Медведь оскалился с глухим рычанием, показав два ряда ослепительно белых зубов. Мои соседи справа и слева остановились и приготовили карабины, чтобы прийти мне на помощь, если это понадобится.

Я последовал их примеру. Должен, впрочем, сказать, что я больше доверял этому оружию, чем кинжалу. Так, с карабином наготове, я

---

[1] Немейский лев. – По древнегреческому мифу – чудовищный хищник, опустошавший Немейскую долину; был неуязвим для любого оружия. Геракл загнал льва в пещеру и задушил его.

ждал медведя со всем тем хладнокровием, на которое был способен, но он не двигался. Тогда я прицелился и выстрелил.

В ту же минуту раздался оглушительный рев. Медведь поднялся на задние лапы и стал трясти одной из передних, так как другая была, по-видимому, перебита. Я услышал крики: «Осторожнее!» Медведь бежал прямо на меня с такой быстротой, что я едва успел выхватить кинжал. Я плохо помню, что произошло вслед за этим, так как все совершилось с быстротою молнии.

Я увидел зверя прямо перед собой с раскрытой, окровавленной пастью и что было сил ударил его в грудь, но удар мой пришелся по ребру. Огромная лапа опустилась на мое плечо, и под ее тяжестью я упал навзничь. В ту же минуту раздались два выстрела. Медведь свалился на меня. Я с трудом выкарабкался из-под него и вскочил, готовый защищаться, но зверь был уже мертв. В него попали обе пули: графа Алексея – позади уха, а доезжачего – в плечо. Я был весь в крови, хотя не получил ни малейшей царапины.

Со всех сторон сбежались охотники. Зная, что я сражаюсь с медведем, они испугались, как бы такой поединок не окончился для меня печально. Все обрадовались, видя меня целым и невредимым, а медведя мертвым.

Хотя эта победа и была одержана не мною одним, она доставила мне большое удовольствие, ведь я был еще новичком в подобного рода охоте. Однако своим выстрелом я перебил медведю переднюю лапу, а кинжалом нанес ему обширную рану: стало быть, рука моя не дрогнула ни тогда, когда враг был далеко, ни тогда, когда он приблизился.

Крестьяне и доезжачие убили еще двух медведей, после чего охота закончилась. Убитых медведей сволокли вместе, сняли с них шкуры и отрезали у них задние лапы, которые считаются лакомым блюдом: их должны были подать нам к обеду.

Мы вернулись во дворец Нарышкина с нашими трофеями. Каждого из нас ожидала у него в комнате душистая вода для купания, что было более чем кстати, после того как мы полдня провели на охоте, с ног до головы закутанные в меха. Через полчаса колокол возвестил, что наступил час обеда.

Обед этот оказался не менее роскошным, чем вчерашний: правда, не было стерлядей, зато были медвежьи окорока. Их приготовили сами доезжачие, изжарив во дворе на горящих углях. Увидев большие куски медвежьего мяса, почерневшего, чуть ли не обугленного, я испытал чувство отвращения. Все же мне захотелось попробовать это редкое блюдо; я снял ножом подгоревшую корку, и под ней оказалось великолепное, сочное, чрезвычайно вкусное мясо.

Садясь в сани, чтобы ехать домой, я нашел в них шкуру убитого мною медведя, которую весьма любезно велел положить туда Нарышкин.

Глава десятая

В петербургском обществе шли приготовления к двум большим праздникам, следующим один за другим: я имею в виду Новый год и крещенье. Первый праздник – чисто светский, второй – чисто церковный.

Между тем по городу распространились тревожные слухи, будто в этом году приема в Зимнем дворце не будет, так как замышляется цареубийство. То были отголоски тайного заговора, о котором уже давно толковали. Говорили, что убийство Александра замышляется кем-то из высшей аристократии и даже из лейб-гвардии, но среди рук, тянувшихся к императору, нельзя было отличить дружеских от вражеских. Тот, кто ползал перед ним на коленях, мог неожиданно выпрямиться и нанести коварный удар. Но так как полиция хранила упорное молчание, приходилось ждать и полагаться на милость Божью. Однако вскоре опасения рассеялись: государь приказал, чтобы все оставалось по-прежнему, и прием должен был состояться.

Наступил день Нового года. Билеты на право входа в Зимний дворец были распространены как обычно. Я получил их целый десяток от своих учеников, которые настоятельно советовали мне полюбоваться этим редким зрелищем. В семь часов вечера двери Зимнего дворца растворились, и публика хлынула в него.

В то время как народ заполняет залы дворца, государь и государыня, окруженные великими князьями и великими княгинями, принимают обычно в Георгиевском зале дипломатический корпус. По окончании этого приема двери Георгиевского зала распахиваются, начинает играть музыка, и император под руку с супругой французского, австрийского, испанского или какого-нибудь другого посла входит в зал. И тотчас же приглашенные расступаются, точно отхлынувшие волны Черного моря, и император проходит среди них.

Именно в этот момент, как говорили, на царя и будет сделано покушение, и нужно сознаться, что выполнить это было бы очень легко.

Из-за этих слухов я с особым любопытством ожидал появления императора, полагая, что у него будет такое же печальное выражение лица, как в Царском Селе. Представьте же себе мое удивление, когда я увидел открытое, веселое, смеющееся лицо Александра. Впрочем, так он обычно держал себя в ожидании серьезной опасности.

В десять часов вечера, когда Эрмитаж был полностью освещен, туда пригласили всех лиц, имевших билеты на бал.

Я был в числе этих счастливцев и вслед за ними поспешил в Эрмитаж. У дверей его стояло двенадцать негров, одетых в богатые восточные костюмы; они сдерживали напор толпы и проверяли пригласительные билеты.

Войдя в театр Эрмитажа, я подумал, что попал во дворец фей. Представьте себе огромную залу, потолок и все стены которой убраны хрустальными украшениями самых различных форм. За этими украшениями скрыты от восьми до десяти тысяч разноцветных лампионов, свет которых дробится, преломляясь в кристалле, и заливает чудесную декорацию – сады, цветы, боскеты, присовокупите к этому дивную музыку, и вам покажется, что вы находитесь в искрящемся тысячью огней волшебном дворце.

В одиннадцать часов музыка и трубы возвестили о прибытии императора. Тотчас же все великие князья и княгини, послы с женами, фрейлины и придворные чины сели за стол, находившийся в центре помещения, прочие же гости, среди которых было около шестисот человек из высшей знати, разместились за двумя другими столами. Один только государь не садился: он обходил столы и обращался то к одному, то к другому гостю, который отвечал ему сидя, как того требовал этикет.

Не могу передать того впечатления, которое произвели на всех присутствующих император, великие князья и блестящий двор в золоте, шелках, бриллиантах. Что до меня, то я никогда еще не видел ничего подобного. Я бывал на наших французских придворных балах и должен сказать вопреки своему патриотизму, что русские балы значительно превосходят их своим блеском.

По окончании банкета все отправились в Георгиевский зал, танцы снова начались здесь полонезом, который по-прежнему возглавлял государь. Вскоре после этого он уехал. Приглашенные стали постепенно расходиться. Во дворце было двадцать градусов тепла, а на дворе – столько же мороза. Таким образом, разница в температуре достигала сорока градусов. Во Франции сразу бы узнали, сколько человек стали жертвами столь резкого перехода от тепла к холоду, но в Петербурге об этом молчат, а потому за веселыми праздниками не следуют печальные будни.

Благодаря слуге, ожидавшему меня, мехам, в которые я был закутан, и хорошо закрытым саням, я достиг вполне благополучно своей квартиры на Екатерининском канале.

Суровой зимой 1825 года не приходилось опасаться оттепели: стояли крепкие морозы, и на Неве, против французского посольства, стали строить многочисленные балаганы, занявшие все пространство между двумя набережными, а расстояние между ними превышает две тысячи шагов. Одновременно воздвигались ледяные горы, но, как это ни странно, они менее изящны, чем такие же горы в Париже, хотя и послужили им образцом. В вышину они имеют около ста футов, а в длину – около четырехсот. Делают их из досок, на которые попеременно льют воду и набрасывают снег, пока не образуется слой льда толщиной дюймов в шесть.

Здешние салазки напоминают собой лотки, на которых уличные торговцы продают свои товары. В публике снуют люди с подобными салазками в руках, предлагая прокатить желающих. Когда находится такой любитель, он поднимается по лестнице на верх горы и садится на салазки спереди, а катальщик – сзади. Последний управляет ими с большой ловкостью, которая тем более необходима, что с боков горы ничем не огорожены, и салазки легко могут свалиться вниз с большой высоты. Спуск на них стоит всего одну копейку, иными словами, менее двух лиардов на наши деньги.

Прочие развлечения напоминают в общем народные гулянья на Елисейских Полях: в Петербурге тоже дают представления силачи, тоже показывают восковые фигуры, а также великанов и карликов, и все это сопровождается оглушительной музыкой. Насколько я мог судить, жестикуляция и приемы, при помощи которых зазывала приглашает публику, очень похожи на наши, хотя в этом, конечно, сказываются национальные особенности.

Представление, имевшее, как мне показалось, наибольший успех, состоит в следующем: на сцене отец, с нетерпением ожидающий своего новорожденного сына, которого должны привезти из деревни. Появляется кормилица с ребенком на руках, до того запеленатым, что виден только его черный носик. Отец в восторге от своего наследника, который как-то странно рычит, и находит, что тот как две капли воды похож на него самого и такой же ласковый, как и его мать. При этих словах появляется мать ребенка и слышит комплимент, сделанный ей мужем, который приводит к спору, а спор к ссоре. Ссора переходит в драку, причем оба родителя тащат каждый в свою сторону несчастного младенца. При этом он выпадает из пеленок и оказывается… медвежонком, которого публика встречает бурными аплодисментами. Отец начинает догадываться, что ему подменили ребенка.

Ночью в последнюю неделю святок на улицах Петербурга появляются ряженые, которые ходят из дома в дом, как это принято в наших провинциальных городах. Наиболее часто встречающийся костюм ряженого состоит из долгополого сюртука, сильно накрахмаленной сорочки с большущим воротником, из парика с буклями, громадного жабо и маленькой соломенной шляпы. Эту карикатуру на парижанина дополняют брелоки и длинные цепочки, висящие на шее щеголя. Однако, как только маска бывает узнана, свобода обращения с ней пропадает, этикет вступает в свои права, какой-нибудь полишинель вновь становится сиятельством или превосходительством, что уже не позволяет шутить с ним по-прежнему.

Что касается простого народа, то, готовясь к Рождественскому посту, он пьет и ест в три горла, но, как только наступает канун поста, переходит от обжорства к такому строгому воздержанию, что при первом же ударе церковного колокола все остатки трапезы выбрасываются собакам. Все разом меняется: чересчур вольные движения превращаются в крестные знамения, а разгульные песни – в молитвы. Перед иконами зажигаются свечи, а полупустые церкви уже не могут вместить всех молящихся.

Но как ни блестящи теперешние празднества, они не выдерживают никакого сравнения с теми, какие бывали прежде. Так, например, в 1740 году императрица Анна Иоанновна решила затмить своих предшественников[1] и устроить такой праздник, который был под силу разве что русской императрице. Она приурочила к нему свадьбу своего шута, и по этому поводу было велено губернаторам прислать в Петербург по два представителя всех подведомственных им народностей в их национальных костюмах и на обычных для них средствах передвижения.

Приказ императрицы был тщательно выполнен, и к назначенному дню в Петербурге собрались представители ста различных народностей, некоторые из них едва были известны даже по названию. Здесь были камчадалы и лапландцы, одни в санях, запряженных собаками, другие – в санях, запряженных оленями, калмыки с их коровами, бухарцы с верблюдами, остяки на лыжах, светлоголовые финны, черноволосые кавказцы, украинские великаны, пигмеи-самоеды, башкирцы и т. д. и т. п.

По прибытии в столицу каждому из них отводилось место под знаменем, соответствовавшим географическому положению губернии,

---

[1] …императрица Анна Иоанновна решила затмить своих предшественников… – Анна Ивановна (Иоанновна) (1693–1740) – русская императрица (1730–1740). Фактически при царском дворе правила немецкая клика во главе с фаворитом царицы Бироном. Обличению бироновщины был посвящен роман И. И. Лажечникова «Ледяной дом», который Дюма опубликовал в своем переводе во Франции.

которую он представлял. Знамен этих было четыре: одно обозначало весну, второе – лето, третье – осень, четвертое – зиму.

Однажды, когда все представители оказались в сборе, было устроено их шествие по улицам Петербурга, и хотя эта процессия повторялась каждый день, она никак не могла насытить всеобщего любопытства.

Наконец, настал день свадебной церемонии. После службы в дворцовой церкви новобрачные отправились в сопровождении своей шутовской свиты во дворец, который приказала выстроить для них императрица. Дворец этот, целиком сделанный изо льда, имел в длину пятьдесят два фута, а в ширину – двадцать. Все украшения, и наружные и внутренние, вся мебель и посуда – столы, кресла, подсвечники со свечами, тарелки, статуи, даже кровати – все было из прозрачного льда, отделанного под мрамор. У дворца стояло шесть также ледяных пушек, из которых одна, заряженная полутора фунтами пороха и ядром, приветствовала выстрелом новобрачных.

Самым любопытным в этом ледяном дворце был колоссальный слон, на нем сидел перс, а по бокам стояли двое слуг. Этот слон, оказавшийся более счастливым, чем его собрат из Бастилии, [1] извергал из своего хобота днем воду, а ночью огонь. По обычаю всех слонов он время от времени испускал крик, слышимый во всем Петербурге. Этот крик издавали десять человек, помещавшихся у него внутри.

Зимой 1825 года было еще меньше увеселений, чем обычно. Причина этого крылась во всевозраставшей меланхолии императора Александра, которая передалась его приближенным, всему двору и даже народу.

Поговаривали, что уныние царя было следствием угрызений совести; поэтому мы расскажем подробно о том, чем они были вызваны.

---

[1] Этот слон, оказавшийся более счастливым, чем его собрат из Бастилии… – В 1789 г. тюрьма-крепость Бастилия была разрушена в результате народного восстания, положившего начало Великой буржуазной революции во Франции.

Глава одиннадцатая

По смерти Екатерины II на престол взошел Павел I. Надолго удаленный от двора, разлученный со своими детьми, воспитание которых взяла на себя бабушка, новый император обнаружил в своих отношениях с окружающими недоверие и жестокость, из-за которых его недолгое царствование вызывало недоумение соседних правительств и народов.

Павел стал царем в возрасте сорока трех лет, после тридцати пяти лет лишений, изгнания и презрения. За эти долгие годы он много выстрадал и, как ему казалось, многому научился. Вот почему он взошел на трон с уже готовыми указами и постановлениями, которые он составил во время своего изгнания. И, достигнув власти, с лихорадочной поспешностью начал приводить их в исполнение.

Действуя наперекор всему, что было сделано и задумано Екатериной II, к которой он относился с ненавистью, он прежде всего окружил себя своими детьми и назначил великого князя Александра военным губернатором Санкт-Петербурга. Императрица Мария Федоровна, которая не раз жаловалась на его охлаждение, увидела с удивлением, смешанным со страхом, что он стал к ней добр и даже ласков. Сперва она усомнилась в искренности этих чувств, но вскоре поверила в благоприятную перемену супруга.

Из духа противоречия, проявлявшегося чаще всего тогда, когда этого меньше всего ожидали, Павел в первом же своем указе велел приостановить набор рекрутов, недавно начатый по приказу Екатерины, согласно которому отдавали в солдаты одного крепостного из ста. Мера эта была не только гуманной, но и весьма политичной, ибо она разом принесла новому императору благодарность дворян, недовольных былым набором рекрутов, и любовь крестьян, чрезвычайно от нее страдавших.

Граф Зубов,[1] последний фаворит Екатерины, думал, что он все потерял со смертью своей повелительницы, и опасался не только за свою свободу, но и за жизнь. Павел I призвал его к себе, утвердил во всех занимаемых им должностях, и в частности в звании флигель-адъютанта. При этом он сказал ему:

– Продолжайте исполнять свои обязанности. Надеюсь, вы будете служить мне так же верно, как служили моей матери.

Польский генерал Костюшко жил пленником в одном из петербургских дворцов.[2] Павел решил освободить его и самолично возвестить ему эту милость. Костюшко так растерялся при виде царя, что даже не поблагодарил его. А спохватившись, велел отнести себя во дворец, ибо еще не оправился после полученных ран. Выслушав изъявления его благодарности, Павел пожаловал ему большое поместье в Польше, но генерал отказался от него и попросил взамен денег, чтобы жить и умереть там, где он пожелает. Павел приказал выдать ему сто тысяч рублей.

Среди подобных распоряжений, которые вопреки опасениям всего света позволяли надеяться на тихое и достойное царствование, наступил день похорон скончавшейся императрицы, и по этому поводу Павел задумал исполнить свой двойной сыновний долг.

---

[1] Зубов Валериан Александрович (1771–1804) – русский генерал-аншеф, один из фаворитов Екатерины II. Главнокомандующий русской армией в персидском походе 1796 г. Участвовал в заговоре против Павла I, который был убит в 1801 г. в Михайловском замке. Брат В. А. Зубова, Платон Александрович Зубов (1767–1822) – генерал, директор Кадетского корпуса, также участник заговора против Павла I.

[2] …генерал Костюшко жил пленником в одном из петербургских дворцов. – Костюшко Тадеуш (1746–1817) – генерал, руководитель освободительного восстания 1794 г. в Польше. В 1788 г. уехал в Америку, где принимал участие в Войне за независимость североамериканских колоний Англии, был назначен адъютантом Дж. Вашингтона. По окончании войны вернулся на родину. В 1794 г., после двухмесячной обороны Варшавы от войск Пруссии и царской России, Костюшко потерпел поражение и был взят в плен русскими. В 1796 г. освобожден из заключения. Последние годы провел в Швейцарии.

В течение тридцати пяти лет имя Петра III произносили в Петербурге только шепотом.[1] Павел отправился в Александро-Невскую лавру, где был похоронен несчастный император, велел открыть его гроб, пал на колени перед останками отца и, сняв с руки скелета перчатку, поцеловал ее несколько раз. Затем он велел поставить гроб посреди церкви и отпевать покойного императора так же, как только что отпевали Екатерину, лежавшую на парадной кровати в одной из зал дворца.

Наконец, отыскав барона Унгерн-Штернберга, проведшего более трети столетия в изгнании за то, что верой и правдой служил Петру III, он вызвал старика в Зимний дворец, в одной из зал которого висел портрет покойного императора.

Когда барон явился, Павел сказал ему:

– Я пригласил вас для того, чтобы в вашем лице выразить благодарность преданным друзьям отца.

И, поставив барона у портрета, он расцеловал его, пожаловал ему звание генерал-аншефа и орден Александра Невского и попросил стоять у гроба Петра III в той же форме, какую он носил при жизни императора.

Наступил день печальной церемонии. Петр III, как известно, не был коронован, и под этим предлогом предан земле как обыкновенный русский вельможа. Павел I приказал короновать его прах в гробу, перенести этот гроб во дворец и поставить возле праха Екатерины. Из дворца останки обоих государей были перевезены в крепость для прощания с ними народа. И в течение недели придворные, раболепствуя перед новым царем, целовали мертвенно-белую руку Екатерины II и гроб Петра III.

---

[1] В течение тридцати пяти лет имя Петра III произносили в Петербурге только шепотом. – Петр III Федорович (1728–1762) – русский император (1761–1762). Игнорирование интересов России в угоду Пруссии и враждебное отношение к русской гвардии послужили причиной дворцового переворота 1762 г., приведшего к власти его жену Екатерину II, с ведома которой Петр III был убит ее сторонниками.

После этих двойных похорон Павел I, видимо, позабыл о благочестии и мудрости. Он уединился в своем Гатчинском дворце под охраной двух или трех гвардейских рот и целиком ушел в мелочи воинской службы, проводя иной раз целые часы за чисткой пуговиц на своем мундире, что он делал с такой же любовью, с какой Потемкин любовался игрой своих бриллиантов.

С первого же дня его восшествия на престол во дворце были установлены новые порядки. Прежде чем заняться государственными делами, император проводил время за теми мелочами, которые он считал нужным ввести в обучение и обмундирование солдат. Ежедневно он проводил во дворе дворца военное учение, во время которого муштровал солдат по своему вкусу и усмотрению. Это учение, получившее название «вахтпарада», стало не только наиболее важным делом его правления, но и центром всех его административных и государственных забот.

На этих «парадах» он отдавал приказания, издавал указы и принимал посетителей. Ежедневно с обоими великими князьями, Александром и Константином, он часа три заставлял маршировать солдат и, поднимая и опуская трость, повторял: «Раз, два, раз, два!» – и подпрыгивал на месте, чтобы немного согреться, ибо, несмотря на зимние морозы, стоял в одном мундире, с непокрытой лысой головой.

Вскоре все эти военные мелочи стали для него делом государственной важности: прежде всего он заменил белую кокарду черной с желтым ободком. Это, говорил он, делается потому, что белый цвет бросается в глаза издали, в то время как черный сливается с цветом шапки и неприятелю труднее целиться в голову солдата. Реформа коснулась также цвета плюмажа, высоты сапог, пуговиц на гетрах и т. д., и тому, кто желал обратить на себя внимание царя и доказать ему свою преданность, достаточно было явиться на следующий вахтпарад с теми новшествами в форме, которые Павел ввел накануне. Бывало – и не раз, – что такая готовность исполнить малейший каприз царя награждалась орденом и производством в следующий чин.

Павел относился с таким вниманием не только к форме солдат, которых он то одевал, то раздевал, как это делает ребенок со своими куклами но и к одежде всего населения. Французская революция ввела в моду большие круглые шляпы, но он возненавидел их и в один прекрасный день издал указ, строжайше запрещавший показываться в таких шляпах на улицах Санкт-Петербурга.

Отчасти по неведению, отчасти по нежеланию, приказ этот не был выполнен с той быстротой, какой требовал Павел. Тогда он расставил на всех перекрестках казаков и городовых, приказав им срывать круглые шляпы с голов упрямцев, а сам разъезжал по улицам, наблюдая, точно ли выполняется его воля.

Однажды, на обратном пути во дворец, он увидел на улице англичанина в ненавистной ему круглой шляпе.

Англичанин этот считал императорский указ покушением на свою личную свободу. Павел остановился и приказал одному из своих офицеров сорвать шляпу с головы ослушника, который еще осмелился показаться в ней на Адмиралтейской площади, вблизи царского дворца. Но, приблизившись к англичанину, офицер убедился, что на нем узаконенная треугольная шляпа. Он возвратился назад и доложил об этом государю.

Павел берет лорнетку и смотрит на англичанина, который как ни в чем не бывало продолжает свой путь, и видит на нем круглую шляпу. Офицер, очевидно, ошибся. Разгневанный Павел приказывает отправить его под арест и посылает вместо него одного из своих адъютантов, и тот, желая выслужиться, пришпоривает своего коня и подъезжает к англичанину. Но оказывается, что государь ошибся: на англичанине действительно треугольная шляпа. Адъютант почтительно докладывает об этом Павлу. Последний снова наводит на англичанина лорнет и вслед за офицером посылает под арест адъютанта, ибо видит на англичанине круглую шляпу.

В дело, наконец, вмешивается один из генералов, которого Павел посылает разрешить эту задачу, оказавшуюся столь роковой для обоих офицеров. Генерал видит, что по мере его приближения к англичанину форма его шляпы меняется и постепенно переходит из круглой в треугольную. Опасаясь, как бы его не постигла та же участь, что и двух офицеров, он подводит англичанина к Павлу, и тут все объясняется. Оказывается, ловкий британец, желая примирить свою национальную гордость с капризом иностранного монарха, заказал такую шляпу, которая при помощи спрятанной внутри пружинки может быстро менять форму, становясь то запрещенной круглой, то законной треугольной. Павел нашел эту мысль превосходной, освободил из-под ареста офицеров и разрешил остроумному англичанину носить впредь такие шляпы, какие ему заблагорассудится.

За приказом о шляпах последовал приказ об экипажах. В один прекрасный день в Петербурге было запрещено разъезжать в экипажах с русской упряжью, при которой форейтор сидит верхом на правой лошади и управляет левой. Владельцам карет, ландо и дрожек были даны две недели, чтобы обзавестись немецкой упряжью, после чего полиции было приказано обрезать постромки у тех лошадей, что будут запряжены не по закону.

Наконец, реформа коснулась кучеров: было велено одеть их по немецкому образцу и сбрить им бороды. Некий офицер, не успевший сделать это, отправился на вахтпарад пешком из страха прогневить императора. Он шел по улице в длинной и широкой шубе, а денщик нес за ним его шпагу. Неожиданно им повстречался Павел. Видя такое нарушение дисциплины, рассерженный император приказал разжаловать офицера, а солдата произвести в офицеры.

Во всех областях жизни был введен строжайший этикет. Старинный закон требовал, чтобы при встрече на улице с государем, императрицей или цесаревичем обыватель останавливался, выходил из экипажа и приветствовал их низким поклоном. Закон этот был отменен в царствование Екатерины, но по воцарении Павел восстановил его во всей строгости.

Некий генерал, кучер которого не узнал на улице экипажа императора и не остановил лошадей, был обезоружен и посажен под арест. Когда окончился срок ареста, ему хотели вернуть его шпагу, но он отказался взять ее, говоря, что это почетная шпага, преподнесенная ему Екатериной с уверением, что никогда не будет отнята у него. Павел велел подать себе шпагу, рассмотрел ее и убедился, что она золотая и украшена бриллиантами. Он подозвал к себе генерала и лично вернул ему шпагу, говоря, что не имеет решительно ничего против него, и все же приказал ему в течение двадцати четырех часов уехать из Петербурга в армию.

К сожалению, далеко не всегда такие случаи оканчивались более или менее благополучно. Некий Лихарев, один из наиболее отважных офицеров императорской гвардии, заболел как-то у себя в деревне, и его жена приехала за врачом в Петербург. На свою беду, она встретила на улице экипаж императора. Ни она, ни сопровождавшие ее люди ничего не слышали о новом приказе, так как более трех месяцев не были в столице. Итак, несчастная женщина проехала не останавливаясь мимо Павла. Такое нарушение его приказа задело императора за живое, и он тут же послал вдогонку за ослушницей своего адъютанта, повелев посадить ее под арест, а ее четверых людей отдать в солдаты. Приказ был в точности выполнен. Женщина эта сошла с ума, а ее муж, оставленный без врачебной помощи, умер в деревне.

Еще более строгий этикет царил внутри дворца. При целовании руки государя подданные должны были становиться на колени. Князь Григорий Голицын был арестован за то, что не склонился достаточно низко перед императором и небрежно поцеловал его руку. Все эти сумасбродства, наугад взятые нами из жизни Павла, сделали невозможным в конце четвертого года его пребывание на троне, тем более что каждый новый день множил эти безумства. Понятно, сколь опасны стали они со стороны самодержца, малейшее желание которого является законом. Павел интуитивно чувствовал, что ему угрожает неведомая, но вполне реальная опасность, и вызванный ею страх еще более омрачал его помутившийся разум. Он уединился в Михайловском дворце, построенном им на месте прежнего, который он повелел выкрасить в красный цвет, чтобы оказать честь вкусу одной из своих любовниц, явившейся как-то во дворец в красных перчатках. Это было массивное, тяжеловесное здание с бесчисленными бастионами, в которых император считал себя в безопасности.

Между тем у Павла было два любимца, положение которых казалось весьма прочным: Кутайсов,[1] по происхождению турок, бывший некогда брадобреем Павла и неожиданно, без всякой заслуги со своей стороны, ставший одним из самых влиятельных лиц в империи, и курляндский граф Пален,[2] получивший чин генерал-майора при Екатерине II, который благодаря дружбе с Зубовым, последним фаворитом императрицы, занял место гражданского губернатора города Риги.

История возвышения графа Палена такова: незадолго до своего восшествия на престол Павел приехал в Ригу. В то время он был в опале, и придворные едва осмеливались разговаривать с ним. Пален оказал цесаревичу почести, полагавшиеся ему как наследнику престола. Тот не привык к таким знакам внимания и сохранил к Палену чувство благодарности. Вступив на престол, он вспомнил о приеме в Риге, вызвал Палена в Петербург, наградил высшими орденами и назначил шефом гвардии и губернатором Петербурга.

И хотя Пален уже четыре года занимал столь высокий пост, он прекрасно знал всю шаткость человеческих судеб. Он видел на своем веку стольких людей, сперва возвысившихся, а потом впавших в немилость, что должен был удивляться, что до сих пор не свернул себе шеи. И он решил предупредить свое падение, низвергнув Павла.

Зубов, покровитель Палена, которого император назначил своим флигель-адъютантом, вдруг впал в немилость. Однажды утром он узнал, что его канцелярия опечатана, двое его главных секретарей, Альтести и Гржибовский, схвачены, а офицеры, принадлежащие к его штабу и свите, должны либо вернуться в свои воинские части, либо подать в отставку.

---

[1] Кутайсов Иван Павлович (1759–1834) – фаворит Павла I, возведен в графское достоинство, занимал при дворе важные должности.

[2] Пален Петр Алексеевич (1745–1826) – петербургский военный губернатор, один из организаторов и участник убийства Павла I.

Вслед за этим, по какой-то непонятной прихоти, император подарил Зубову дворец, а на следующий день лишил его всех занимаемых должностей в количестве не то двадцати пяти, не то тридцати. Одновременно Зубов получил приказ о выезде из пределов России. Поселился он в Германии.

В Германию и приехал к Зубову посланец Палена. Вероятно, Зубов жаловался своему бывшему протеже на изгнание, довольно объяснимое, но так и оставшееся необъясненным, и в своем ответе Пален давал ему такой совет: сделать вид, будто бы он, Зубов, желает жениться на дочери любимца Павла Кутайсова. Несомненно, довольный этим Павел не замедлит разрешить изгнаннику вернуться в Петербург, а тогда видно будет, как действовать дальше.

Зубов последовал совету Палена. Однажды Кутайсов получил письмо, в котором Зубов просил руки его дочери. Чрезвычайно польщенный таким предложением, выскочка-брадобрей тотчас же поехал в Михайловский дворец, бросился к ногам императора и, держа в руках письмо Зубова, стал умолять его довершить свои благодеяния, разрешив его дочери выйти замуж за Зубова. Павел бросил взгляд на письмо и сказал:

– Вот первая умная мысль, которая пришла в голову этому безумцу. Хорошо, пусть возвращается.

Две недели спустя Зубов вернулся в Петербург и с милостивого соизволения Павла стал ухаживать за дочерью его любимца.

С помощью этой уловки зародился и разросся заговор против Павла, привлекавший все новых и новых недовольных. Сначала заговорщики думали лишь об отречении императора Павла, то есть об удалении от власти – конечной цели их устремлений. Предполагалось, что после своего отречения он будет сослан в какую-нибудь отдаленную губернию, а на престол взойдет великий князь Александр, которым располагали без ведома его и согласия. Только некоторые из них понимали, что дело этим не закончится, и тот, кто вместо шпаги вытащит кинжал, вложит его в ножны лишь окровавленным.

Между тем Пален хотя и являлся главой заговора, но старался не давать повода для подозрений: смотря по обстоятельствам, он мог либо до конца пойти с заговорщиками, либо стать на сторону Павла. Такая осторожность расхолаживала его соратников, и дело могло затянуться на целый год и дольше, если бы сам он не подтолкнул событий. Хорошо зная характер императора, Пален рассчитывал на успех своей хитрости. Он написал императору анонимное письмо об угрожающем ему заговоре, к которому был приложен поименный список заговорщиков.

Получив это письмо, Павел приказал удвоить караулы в Михайловском дворце и послал за Паленом.

Пален, ожидавший этого приглашения, тотчас же явился на зов императора. Он нашел Павла в спальне во втором этаже дворца. Это была огромная комната с дверью против камина и двумя окнами, выходившими во двор. У противоположной стены стояла кровать Павла, а рядом с ней находилась потайная дверь, которая вела в покои императрицы. В ногах кровати существовала в полу другая потайная дверь, известная одному императору, которая открывалась, если с силой нажать на нее каблуком. Дверь эта вела на лестницу, та – в коридор, а оттуда подземным ходом можно было незаметно выйти из дворца.

Павел ходил большими шагами по комнате, издавая по временам гневные восклицания, когда отворилась дверь и вошел Пален. Император повернулся к нему и застыл на месте, скрестив на груди руки и устремив взгляд на вошедшего.

– Граф, знаете ли вы, что происходит в Петербурге? – спросил он.

– Я знаю, – отвечал Пален, – что всемилостивейший государь повелел мне явиться, и я поспешил исполнить его приказ.

– А знаете, почему я послал за вами? – воскликнул Павел с явным нетерпением.

– Надеюсь, что ваше величество соизволите мне объяснить это.

– Я призвал вас, сударь, чтобы сообщить вам, что против меня в столице затевается заговор.

– Знаю, ваше величество.

– Как, вы знаете об этом?!

– Знаю и сам состою в числе заговорщиков.

– Так вот, я получил список, где они все поименованы.

– А у меня есть его копия, ваше величество: вот она.

– Черт возьми, – пробормотал до смерти перепуганный Павел, не зная, что и подумать.

– Ваше величество, – продолжал Пален, – извольте сравнить оба списка: если тот, кто прислал его, в курсе дела, оба списка должны быть тождественны.

– Посмотрите, – сказал Павел.

– Да, – холодно проговорил Пален, пробежав список глазами, – здесь указаны все заговорщики, кроме троих.

– Кто они? – взволнованно спросил император.

– Ваше величество, я не смею назвать их. Но теперь, когда представлено доказательство моей осведомленности, я надеюсь, что вы отнесетесь ко мне с полным доверием и положитесь на мое рвение…

– Говорите, – прервал его Павел, – кто они? Я хочу знать, кто эти три лица!

– Ваше величество, – ответил Пален, склонив голову, – я не дерзаю произнести эти священные имена.

– Я жду! – глухо проговорил Павел, бросив взгляд на потайную дверь, ведшую в апартаменты государыни. – Вы намекаете на императрицу, цесаревича Александра и великого князя Константина?

– Закон не должен знать тех, кого он не может коснуться.

– Закон коснется всех, сударь, и вина, чья бы она ни была, будет наказана! Пален, сию минуту приказываю вам арестовать обоих великих князей и отослать их завтра же в Шлиссельбург. Что касается императрицы, то о ней я распоряжусь сам. Расправиться с остальными заговорщиками – это ваше дело.

– Слушаю, ваше величество, – отвечал Пален, – но попрошу дать мне письменный приказ. Как бы ни было высоко положение виновных, я исполню ваш приказ.

– Ты единственный верный слуга мой! – вскричал император. – Охраняй меня, ибо я вижу, что все желают моей погибели, и у меня нет никого, кроме тебя.

С этими словами Павел подписал приказ об аресте обоих великих князей и передал его Палену.

Именно этого и добивался ловкий заговорщик. Имея в руках приказ императора, он тотчас же отправился к Платону Зубову, где, как он знал, собрались все заговорщики.

– Все раскрыто, – сказал он, входя, – вот приказ об аресте великих князей. Нельзя терять ни минуты. Сегодня ночью я еще санкт-петербургский губернатор, а завтра, быть может, окажусь в тюрьме. Надо действовать немедленно.

Действительно, медлить было нельзя, ибо промедление грозило эшафотом или, по меньшей мере, Сибирью. Заговорщики сговорились сойтись той же ночью у полковника Преображенского полка князя Голицына. Ввиду своей малочисленности, они решили привлечь к себе всех недовольных, арестованных накануне.

Обстоятельства благоприятствовали им, ибо как раз подверглись аресту человек тридцать офицеров из знатных петербургских фамилий, причем некоторые из них были разжалованы, заключены в тюрьму или приговорены к ссылке за проступки, едва заслуживавшие обычного выговора. Граф Пален распорядился, чтобы вблизи тюрем, где содержались эти заключенные, стояло наготове несколько саней. Затем, видя, что заговорщики преисполнены решимости, он поспешил к цесаревичу Александру.

Александр только что встретился с отцом в коридоре дворца и, по своему обыкновению, хотел подойти к нему, но Павел махнул рукой и велел ему оставаться в своих покоях впредь до нового распоряжения.

Пален нашел Александра весьма обеспокоенным строгостью отца, причины которой он не знал.

Увидя Палена, цесаревич спросил, не явился ли он по приказанию отца.

– Увы, – отвечал Пален, – государь дал мне ужасный приказ.

– Какой? – спросил Александр.

– Арестовать ваше высочество.

– Меня?! – вскричал Александр. – За что?

– Ваше высочество, изволите знать, что, к несчастью, кара подчас настигает у нас ни в чем не повинного человека.

– Государь, – сказал Александр, – может вдвойне распоряжаться моей судьбой: как император и как отец. Я готов повиноваться его воле.

Граф показал Александру приказ об аресте, и тот молча стал читать его, но, увидев имя Константина, воскликнул:

– Как, и брата тоже?! Я полагал, что приказ касается одного меня!

Когда же Пален сказал, что подобная же участь ожидает императрицу, Александр схватился за голову.

– Матушка, – закричал он, – бедная моя матушка!.. Это уже слишком, Пален, слишком!

И он закрыл лицо руками. Пален счел момент подходящим для того, чтобы заговорить с цесаревичем.

– Ваше высочество, – сказал он, – извольте выслушать меня: необходимо предупредить несчастье, большое несчастье! Необходимо положить конец безумствам государя. Сегодня он лишает вас свободы, а завтра лишит вас, быть может…

– Пален!!

– Ваше высочество, извольте вспомнить Алексея Петровича.

– Пален, вы клевещете на моего отца!

– Нет, ваше высочество, ибо я виню не его сердце, а его рассудок. Все эти странные противоречия, эти невыполнимые приказы, эти бесполезные наказания свидетельствуют только о его ужасной болезни. Это говорят все, кто окружает государя, и повторяют те, кто далек от него. Ваше высочество, несчастный батюшка ваш безумен.

– Боже мой!..

– Необходимо спасти его от него самого. Это говорю не только я – это говорит сенат и весь народ, представителем которого я являюсь. Необходимо, чтобы государь отрекся от престола в вашу пользу.

– Что вы говорите! – вскричал Александр, делая шаг назад. – Чтобы я наследовал отцу, который еще жив, чтобы я сорвал с головы его корону?.. Нет, безумец – это вы, Пален!.. Никогда, никогда!

– Ваше высочество, – спокойно возразил Пален, – извольте вникнуть в приказ. Дело касается не только вашего ареста, уверяю вас, опасности подвергается и ваша жизнь.

– Спасите императрицу и брата – вот все, о чем я вас прошу, – сказал Александр.

– Разве я властен сделать это? – спросил Пален. – Разве приказ не касается их так же, как и вас? А как только они будут арестованы и заключены в тюрьму, всегда найдутся люди, которые, желая услужить государю, пойдут дальше его желаний. Обратите ваши взоры на Англию, ваше высочество: там происходит то же, что и у нас, но власть короля не так велика, а потому и опасность меньше. Принц Уэльский готов стать во главе государства, и, однако, у короля Георга тихое, безвредное помешательство.[1] И вот что я еще позволю заметить вам, ваше высочество: соглашаясь с тем, что я предлагаю, вы спасете не только свою жизнь, но жизнь великого князя, императрицы и даже вашего августейшего батюшки.

– Что вы хотите сказать?

– Я хочу сказать, что царствование государя всем в тягость, а потому дворянство и сенат решили любым способом положить ему

---

[1] …у короля Георга тихое, безвредное помешательство. – Речь идет о Георге III (1738–1820), английском короле (1760–1820). Он являлся одним из вдохновителей грабительской колониальной политики Англии. Активно поддерживал европейскую реакцию в ее борьбе против Французской буржуазной революции XVIII в.

предел. Вы против отречения? Ну что ж, быть может, завтра вам придется примириться с убийством вашего батюшки.

– Боже мой, – вскричал Александр, – могу я видеть отца?

– Это невозможно, ваше высочество, – строжайше приказано не допускать вас к нему.

– Вы говорите, что жизнь государя в опасности? – спросил Александр.

– Россия полагает все надежды свои на вас, ваше высочество, и если нам придется выбирать между решением, которое нас может погубить, и преступлением, могущим нас спасти, то мы предпочтем последнее.

Пален сделал движение, готовясь уйти.

– Пален, – воскликнул Александр, – Пален, поклянитесь мне, что отцу моему не угрожает никакой опасности и что в случае надобности вы жизнью пожертвуете ради него! Поклянитесь мне – иначе я не отпущу вас.

– Ваше высочество, – ответил Пален, – я вам сообщил то, что должен был сообщить. Подумайте над тем, что я вам сказал, а я, со своей стороны, подумаю о клятве, которую вы требуете от меня.

При этих словах Пален почтительно склонился перед великим князем и вышел из комнаты. Поставив часовых у его двери, он отправился к великому князю Константину и к императрице Марии Федоровне, показал им приказ императора, но не принял против них таких мер предосторожности, как против Александра.

Было восемь часов вечера и уже стемнело, потому что дело происходило в начале весны. Пален отправился к князю Голицыну, где застал почти всех заговорщиков. На него со всех сторон посыпались вопросы.

– Мне некогда отвечать вам, – сказал он, – пока все идет хорошо, и через полчаса я приведу к вам подкрепление.

И Пален поехал в одну из тюрем. Перед ним, как перед петербургским губернатором, тут же отворились все ее двери. Увидев губернатора, окруженного стражей, и заметив грозное выражение его лица, заключенные вообразили, что пробил их час: либо их сошлют в Сибирь, либо переведут в другую, худшую тюрьму. Тон, каким Пален приказал им одеться и быть готовыми к отъезду, подтвердил их предположения. Несчастные молодые люди повиновались. У ворот их ожидал караул, они безропотно расселись по саням, которые умчали их куда-то. К великому их изумлению, спустя минут десять сани остановились во дворе великолепного дворца. Заключенным было приказано выйти. Они вышли, затем двери дворца затворились за ними, стража осталась во дворе. Пален был с ними.

– Следуйте за мной, – сказал он и пошел вперед.

Арестованные повиновались. Войдя в комнату рядом с залой, где собрались заговорщики, Пален поднял лежавшую на столе шинель, под которой оказались шпаги.

– Вооружайтесь, – проговорил он.

Заговорщики в полном недоумении подчинились этому приказу, начиная догадываться, что им предстоит нечто столь же странное, сколь и неожиданное. Пален отворил дверь той залы, где были заговорщики, и приезжие увидели за столом своих друзей с бокалами в руках, которые встретили их возгласом: «Да здравствует Александр!» Люди, чудом вышедшие из тюрьмы и считавшие себя навсегда оторванными от друзей, с криками радости бросились в зал, где происходило пиршество. В нескольких словах их ввели в курс дела. Они все горели желанием отомстить за унижение, которому подверглись накануне. План цареубийства был ими принят с восторгом, и ни один не отказался от той роли, которая предназначалась ему в грядущих событиях.

В одиннадцать часов ночи заговорщики, числом около шестидесяти, вышли из особняка князя Голицына и направились небольшими группами к Михайловскому дворцу. Главарями были: граф Беннигсен,[1] бывший фаворит Екатерины граф Платон Зубов,

---

[1] Беннигсен Леонтий Леонтьевич (1745–1826) – граф, генерал от кавалерии. Не все из упомянутых здесь генералов и офицеров присутствовали в Михайловском замке в момент убийства Павла I. «Массивная табакерка Яшвиля и шелковый шарф графа Зубова

санкт-петербургский губернатор Пален, полковник Семеновского полка Депрерадович, флигель-адъютант императора Аргамаков, генерал-майор артиллерии князь Яшвиль,[1] командир лейб-гвардии Преображенского полка князь Голицын и князь Вяземский.

Заговорщики вошли через калитку в парк Михайловского дворца. Но в ту минуту, когда они проходили по аллее, затененной летом густыми деревьями, которые, усеяв землю листьями, воздевали теперь к небу оголенные ветви, стая воронов, разбуженных шумом шагов, со зловещим карканьем поднялась с места. Заговорщики, перепуганные этим карканьем, которое, по понятиям русских, считается дурным предзнаменованием, остановились в нерешительности. Но Зубов и Пален подбодрили их, и они продолжали путь.

Войдя во двор дворца, заговорщики разделились на два отряда: один, под командованием графа Палена, вошел во дворец через маленькую дверь (здесь обыкновенно проходил сам граф, когда не желал быть замеченным). Другой отряд, под начальством Зубова и Беннигсена, беспрепятственно поднялся по парадной лестнице на второй этаж благодаря тому, что Пален заменил всех караульных солдат офицерами, переодетыми в солдатскую форму.

Позабыли подменить лишь одного часового, и, увидев приближающихся людей, он спросил: «Кто идет?» Часовой уже готовился преградить им путь, когда Беннигсен подошел к нему и, распахнув свой плащ, под которым был мундир, увешанный орденами, крикнул:

– Молчать! Разве ты не видишь, кто идет?

послужили, по свидетельству очевидцев, основными орудиями расправы с ненавистным монархом. Когда все было кончено, подоспела вторая группа заговорщиков, которую возглавлял Пален. Говорили, что он умышленно задержался, чтобы в случае успеха поддержать заговор, а в случае неудачи помочь схватить его участников»(История СССР. М.: Наука, 1967. С. 65.).

[1] Яшвиль Владимир Михайлович (1764–1815) – князь, принимал непосредственное участие в заговоре и убийстве Павла I.

Солдат посторонился, и заговорщики прошли мимо него. В галерее, ведшей в переднюю, перед покоями императора, они нашли своего человека – офицера, переодетого солдатом.

– Ну, что император? – шепотом спросил Платон Зубов.

– Около часа как вернулся и теперь, кажется, почивает, – так же тихо ответил офицер.

– Хорошо, – сказал Зубов, и заговорщики продолжали свой путь.

Павел, по своему обыкновению, провел весь вечер у княгини Гагариной.[1] Заметив, что он более бледен и мрачен, чем обычно, она стала настойчиво расспрашивать его.

– Что со мной? – молвил император. – А то, что настала минута нанести сокрушительный удар: через несколько дней, быть может, падут головы, которые были мне весьма дороги.

Испуганная этой угрозой, княгиня Гагарина, которая хорошо знала, какое недоверие питает Павел к своей семье, воспользовалась первым благовидным предлогом, чтобы предупредить Александра. Офицер, стоявший на часах у покоев великого князя, получил лишь один приказ – не выпускать его, а поэтому и разрешил войти посланцу княгини Гагариной. Александр получил записку княгини и, зная ее осведомленность в делах императора, понял всю опасность своего положения.

В двенадцатом часу ночи император Павел, как сообщил часовой, вернулся к себе от княгини Гагариной и тотчас же лег почивать.

Итак, заговорщики подошли к двери комнаты, смежной с опочивальней императора, и Аргамаков постучал.

– Кто там? – спросил камердинер государя.

– Я, Аргамаков, флигель-адъютант его величества.

– Что угодно вашему превосходительству?

– Имею сделать экстренное сообщение государю.

– Изволите шутить, ваше превосходительство, уже скоро полночь.

---

[1] Гагарина Анна Петровна (1777–1805) – княгиня, любовница Павла I.

– Не полночь, а шесть часов утра. Откройте поскорей, не то государь будет гневаться…

– Право, не знаю, ваше превосходительство, должен ли я…

– Приказываю вам сию же минуту открыть дверь!

Камердинер повиновался. Как только дверь отворилась, заговорщики, обнажив шпаги, ринулись в покои государя. Испуганный камердинер забился в угол. Польский гусар, стоявший на часах у опочивальни Павла, встал перед дверью, требуя, чтобы заговорщики удалились. Зубов хотел оттолкнуть его, но в ту же минуту раздался выстрел, и гусар упал. Единственный защитник того, кто час тому назад повелевал пятьюдесятью тремя миллионами людей, был убит.

Выстрел разбудил Павла. Он соскочил с кровати, подбежал к потайной двери, ведшей в покои императрицы, позабыв, что три дня назад по своей подозрительности велел заделать ее. Тогда он вспомнил о подземном ходе, бросился в угол комнаты, где находилась потайная дверь, но он был бос и не мог достаточно сильно нажать на пружину – опускная дверь не поднялась. В этот же момент дверь опочивальни рухнула, и Павел едва успел спрятаться за ширмой, стоявшей перед камином.

Беннигсен и Зубов первыми ворвались к императору. Подбежав к его кровати и найдя ее пустой, Зубов воскликнул:

– Все погибло, он бежал!

– Нет, – сказал Беннигсен, – вот он.

– Пален, – крикнул император. – На помощь, Пален!

– Ваше величество, – сказал Беннигсен, подходя к Павлу и салютуя ему шпагой, – вы напрасно зовете Палена: он наш. Но не извольте беспокоиться: жизни вашей ничто не угрожает. От имени императора Александра арестую вас.

– Кто вы? – крикнул император, не узнав при слабом, дрожащем свете ночника тех, кто с ним говорил.

– Кто мы? – повторил Зубов, протягивая ему акт об отречении от престола. – Мы посланы сенатом, прочти эту бумагу и сам решай свою судьбу.

Одной рукой Зубов протянул Павлу бумагу, а другой поднес ночник, чтобы он мог прочесть ее. Павел взял бумагу, пробежал ее глазами, но, так и не дочитав до конца, поднял голову и, глядя на заговорщиков, спросил:

– Боже правый! Что я вам сделал? Почему вы так поступаете со мной?

– Четыре года ты нас мучаешь и тиранишь! – крикнул в ответ чей-то голос.

Павел продолжал чтение, и мало-помалу его возбуждение росло и гнев увеличивался. И он, забыв, что одинок, гол и безоружен, что перед ним стоят люди со шпагами в руках, скомкал акт об отречении и бросил его на пол.

– Никогда, – закричал он, – никогда я этой бумаги не подпишу! Лучше умру!

И он сделал движение, чтобы схватить свою шпагу, лежавшую на кресле в нескольких шагах от него.

В этот момент в комнату ворвался второй отряд заговорщиков, состоявший большею частью из разжалованных и подвергнутых наказанию офицеров во главе с князем Яшвилем, который поклялся отомстить Павлу за нанесенное им оскорбление.

Он кинулся на Павла, и между ними завязалась борьба, во время которой оба упали на пол, опрокинув ночник и ширмы. Павел дико вскрикнул, ибо ударился головой о выступ камина и получил глубокую рану. Испугавшись, что крик этот будет услышан во дворце, князь Вяземский принялся душить Павла.

Все это произошло в полной темноте. Наконец Павел вырвался из рук заговорщиков и стал умолять их по-французски:

– Господа, ради бога, пощадите! Дайте помолиться Бо…

Слова эти тут же замерли, потому что один из заговорщиков обвил вокруг шеи Павла свой шарф и затянул его. Тот захрипел, но скоро хрип его прекратился. Тело судорожно вздрогнуло, и, когда Беннигсен снова зажег ночник, Павел был уже мертв.

На голове его зияла рана, полученная при ударе о край камина, но заговорщиков это нисколько не тревожило: было решено объявить, что император скончался от апоплексического удара и что он рану эту получил при падении.

В этот момент за дверью потайного хода послышался шорох. Это была императрица, услышавшая шум и крики, доносившиеся из покоев императора. Заговорщики сперва испугались, но, узнав ее голос, успокоились. Впрочем, дверь из ее половины на половину Павла была закрыта, и они свободно могли окончить начатое дело.

Беннигсен наклонился над Павлом и, убедившись, что он в самом деле мертв, велел положить его на кровать. Только в эту минуту в комнате появился Пален с обнаженной шпагой в руке. Верный своей двойственной роли, он выжидал, чтобы все было окончено, и только тогда примкнул к заговорщикам. Увидев труп Павла, на который Беннигсен набросил одеяло, он побледнел, прислонился к двери, опустив шпагу.

– Пора, господа, – сказал Беннигсен, единственный из заговорщиков, сохранивший полное самообладание, – необходимо присягнуть новому императору.

– Да, да, – раздались со всех сторон голоса.

– Да здравствует Александр!

И заговорщики поспешили оставить комнату, в которой только что разыгралась эта трагедия.

В это время императрица Мария Федоровна, видя, что она не может проникнуть в покои императора через потайной ход, вернулась назад, чтобы другим ходом добраться до половины мужа. В одной из зал она встретила поручика Семеновского полка Петровского с тридцатью солдатами. Выполняя полученный приказ, Петровский преградил ей дорогу.

– Простите, сударыня, – произнес он, – дальше я не могу вас пропустить.

– Разве вы не узнаете меня? – спросила императрица.

– Узнаю, сударыня, но именно вас мне приказано не пропускать.

– Кто приказал?

– Мой полковой командир.

– И вы осмелились выполнить такой приказ?

Императрица повернулась в сторону солдат, но те ружьями преградили ей дорогу.

В эту минуту в залу вошли заговорщики во главе с Беннигсеном, крича: «Да здравствует император Александр!» Увидев императрицу, Беннигсен направился к ней. Мария Федоровна сделала ему знак подойти и приказать солдатам, чтобы те пропустили ее к императору.

– Сударыня, – сказал Беннигсен, – все кончено. Императора Павла нет в живых.

При этих словах императрица вскрикнула и опустилась в кресло. Услышав этот крик, обе великие княжны, Мария и Екатерина Павловны, поспешили к матери на помощь. Императрица слабым голосом попросила воды. Какой-то солдат принес полный стакан воды, но Мария Павловна не решилась дать матери напиться из страха, что вода отравлена. Тогда догадливый солдат отпил половину и, передавая стакан великой княжне, сказал:

– Ее величество смело может пить эту воду.

Оставив императрицу и великих княжен, Беннигсен направился к Александру. Его комнаты находились над покоями императора Павла, и он должен был слышать все, что произошло внизу: выстрел, крики, падение и стоны умирающего. Он попытался выйти, чтобы оказать помощь отцу, но стража, стоявшая у дверей, не выпустила его. Все меры предосторожности были приняты: он был пленником и ничего не мог предпринять.

Сопровождаемый несколькими заговорщиками, Беннигсен вошел в покои Александра. Крики «Да здравствует император Александр!» дали ему знать, что все кончено и уже нет сомнения в том, какой ценой достался ему престол. Увидев Палена, он сказал:

– Ах, Пален, как ужасна начальная страница моего царствования!

– Ваше величество, – отвечал Пален, – последующие страницы заставят позабыть эту первую страницу.

– Но поймите же, – воскликнул Александр, – в народе станут говорить, что я убийца отца!

– Ваше величество, – спокойно ответил Пален, – думайте в эту минуту только о том, что вам предстоит.

– О чем же? – спросил Александр, подавленный всем происшедшим.

– Ваше величество, извольте следовать за мною, так как малейшее промедление чревато величайшими бедствиями.

– Делайте со мной, что хотите, – покорно произнес Александр, – я в вашем распоряжении.

Пален посадил императора в карету, ожидавшую у подъезда, чтобы отвезти Павла в крепость. Александр сел в нее со слезами на глазах. Пален и Зубов поместились на запятках, и карета направилась в Зимний дворец, эскортируемая двумя гвардейскими батальонами. Беннигсен остался возле императрицы, которую Александр успел поручить его попечению.

На Адмиралтейской площади были уже собраны гвардейские полки. «Да здравствует император Александр!» – закричали Пален и Зубов, указывая на юного Александра. «Да здравствует!» – повторили батальоны эскорта, и все полки крикнули в один голос: «Да здравствует император!»

Александра, бледного, осунувшегося, пригласили выйти из кареты, и тут со всех сторон послышались приветственные возгласы; они свидетельствовали о том, что, совершив преступление, заговорщики исполнили желание народа. И Александр понял, что, как бы ему ни хотелось этого, он бессилен наказать убийц отца.

На следующий день вдовствующая императрица, в свою очередь, присягнула своему сыну. По законам Российского государства она сама должна была наследовать трон после смерти мужа, но, поняв всю серьезность положения, она отказалась от своих прав на престол в пользу сына.

Хирург Виллис и доктор Штофф, произведя вскрытие тела императора Павла, заявили, что он умер от апоплексического удара и что рана на его голове – результат ушиба при падении на пол.

Между тем заговорщики под разными предлогами были удалены от двора: одни получили отставку, другие были откомандированы в полки, несшие службу в Сибири. В Петербурге оставался один Пален, сохранивший за собой пост петербургского военного губернатора. Однако его присутствие было живым укором для молодого императора, и тот воспользовался первым удобным случаем, чтобы, в свою очередь, удалить его. Вот как это произошло.

Вскоре после смерти Павла некий священник объявил, что в церкви, где он был настоятелем, появилась неизвестно откуда чудотворная икона, внизу которой начертаны слова: «Господь покарает всех убийц Павла I». Узнав, что народ валом валит в эту церковь, Пален испросил у Александра I разрешение положить конец этим слухам. Допрошенный с пристрастием священник сказал, что он действовал по приказу императрицы-матери, и в подтверждение своих слов сослался на такую же икону, находящуюся в ее часовне.

Пален приказал отпереть часовню императрицы и, найдя там указанную икону, велел убрать ее. Оскорбленная до глубины души императрица пожаловалась Александру, и тот ухватился за этот предлог, позволявший ему отделаться от Палена. Он тут же послал графу приказ немедленно покинуть столицу.

– Я ждал этого, – сказал, улыбаясь, Пален, – и мой багаж уже давно готов.

Час спустя граф Пален направил императору прошение об отставке и в тот же вечер отбыл в Ригу.

Меланхолия Александра беспрестанно увеличивалась. Пытаясь рассеяться, он очень много путешествовал. Было подсчитано, что он проехал в общей сложности по своей империи и по иноземным странам двести тысяч верст или пятьдесят тысяч лье. Во время одной из таких поездок он и скончался в Таганроге в возрасте сорока восьми лет.

Глава двенадцатая

Мы узнали печальную весть о кончине Александра I от графа Алексея Анненкова, который присутствовал на панихиде в Казанском соборе. Потому ли, что смерть Александра очень опечалила его, или вследствие каких-либо других причин, граф казался расстроенным, возбужденным. Луизе и мне бросилось в глаза это столь необычное для него состояние.

В шестом часу вечера, когда он ушел к князю Трубецкому, мы с Луизой поделились своими опасениями.

Бедная моя соотечественница была очень встревожена мыслью о заговоре, о котором граф Алексей как-то проговорился ей. Много раз она наводила разговор на эту тему, но граф всякий раз отделывался шуткой, уверяя, что никакого заговора больше нет. Однако некоторые признаки, не ускользающие от взора любящей женщины, убедили ее, что заговор существует и что граф обманывает ее.

На следующий день Петербург проснулся в трауре. Император Александр был любим, и так как никто еще не знал об отказе от престола Константина, всех тревожил грубый, взбалмошный нрав великого князя. О Николае Павловиче, как о наследнике Александра, никто в то время не помышлял.

Хотя Николаю было известно о том, что Константин отказался от трона, он подумал, что брат мог изменить свое решение, и написал письмо, в котором присягал ему в верности как императору и приглашал приехать в Петербург, чтобы занять принадлежащий ему трон. Но, в то время как Михаил Павлович вез это письмо в Варшаву, от Константина Павловича прибыл из Варшавы курьер с подтверждением его отказа.

Между тем Государственный совет известил Николая Павловича, что у него имеется письмо императора Александра, которое император просил вскрыть после его смерти на чрезвычайном собрании совета. Повинуясь высочайшей воле, Государственный совет вскрыл это письмо и нашел в нем отказ Константина от престола.

Этот вторичный отказ, повторенный почти через три года после первого, заставил великого князя Николая принять необходимое решение. Он издал манифест, в котором объявлял населению России, что вступает на императорский престол, переходящий к нему вследствие отказа старшего брата. На следующий день столица должна была присягнуть ему и старшему его сыну, Александру.

Население Петербурга вздохнуло свободно, прочитав этот манифест: великий князь Константин слишком напоминал по характеру императора Павла и потому внушал сильное недоверие к себе. Зато на великого князя Николая, видимо, можно было положиться: это был человек холодный, суровый, с сильным, властным характером.

Между тем по городу поползли тревожные слухи. Говорили, что отречение Константина вынужденное и что он идет во главе армии на Петербург, дабы отвоевать трон у тех, кто насильственно хочет им завладеть. Передавали также, что офицеры многих полков, в том числе и Московского гвардейского, заявляли во всеуслышание, что не станут присягать Николаю, ибо признают Константина единственным законным наследником престола.

Эти толки мне довелось слышать в нескольких домах, где я побывал этим вечером. Вернувшись домой, я нашел записку от Луизы с просьбой заехать к ней в любой, даже самый поздний час. Я тут же отправился к Луизе и нашел ее чрезвычайно встревоженной. Граф Алексей был у нее, как обычно, и, несмотря на все старания, не мог скрыть обуревающее его волнение. Луиза попыталась расспросить его: граф ни в чем не признался, но отвечал ей с той скорбной нежностью, которая прорывается у человека в роковые минуты жизни, что и подтвердило ее догадку: без всякого сомнения, что-то неожиданное готовилось на завтра, и граф намеревался принять в этом участие.

Луиза вызвала меня с тем, чтобы я сходил к Алексею Анненкову. Она полагала, что со мной граф будет откровеннее, и, если разговор зайдет о заговоре, умоляла сделать все возможное, чтобы убедить графа отказаться от участия в нем. Я согласился выполнить это поручение; впрочем, я уже давно разделял ее опасения, да и, кроме того, чувствовал себя бесконечно обязанным графу.

Я не застал Анненкова дома; однако слуги прекрасно знали меня, и, как только я выразил желание дождаться графа, меня тотчас же провели в его спальню. Оставшись один, я огляделся и сперва ничего подозрительного не обнаружил, но потом заметил на ночном столике два двуствольных пистолета: они были заряжены. Это ничтожное обстоятельство, на которое в других условиях я не обратил бы внимания, показалось мне в данную минуту весьма подозрительным и заставило призадуматься.

Я сел в кресло и приготовился ждать графа до тех пор, пока он не вернется. Часы пробили двенадцать, час, два. Беспокойство мое уступило место усталости, и я заснул.

Около четырех часов утра я проснулся. За столом сидел граф и писал. Пистолеты лежали около него. Он был очень бледен. Едва я пошевелился, как он повернулся ко мне лицом.

– Вы спали, – сказал он, – и мне не хотелось вас будить. Вы что-то желаете сказать мне, и я догадываюсь, что именно. Я написал письмо, и если завтра не вернусь домой, передайте его Луизе. Я думал послать это письмо завтра с моим камердинером, но предпочитаю передать его через вас.

– Стало быть, – заметил я, – мы не напрасно беспокоились. По-видимому, готовится какой-то заговор, и вы участвуете в нем?

– Тише, – сказал граф, с силой сжимая мне руку и оглядываясь по сторонам, – тише, одно неосторожное слово может погубить нас.

– О, – сказал я шепотом, – какое безумие!..

– Вы думаете, что я не знаю так же хорошо, как вы, что это безумие? Что я хоть немного надеюсь на успех? Нет! Я сознательно бросаюсь в пропасть, и даже чудо не может меня спасти. Единственное, что я могу сделать, – это закрыть глаза, чтобы не видеть глубины этой пропасти.

– Но зачем же вы по доброй воле бросаетесь в нее?

– Слишком поздно идти на попятный. Скажут, что я струсил. Я дал слово товарищам и последую за ними… хотя бы на эшафот.

– Но подумали ли вы об одном обстоятельстве, ваше сиятельство? – сказал я, сжимая его руку и глядя ему прямо в лицо. – Подумали ли вы о том, что это будет смертельным ударом для бедной Луизы?

Граф опустил голову, и на лицо его легла тень.

– Луиза будет жить, – проговорил он.

– О, вы ее не знаете! – отвечал я.

– Напротив, я говорю так, потому что знаю ее. Луиза не вправе умереть. Она должна жить для нашего ребенка.

– Бедная женщина! – вздохнул я. – Я не знал, что несчастье ее так велико.

– Послушайте, – сказал граф, – я не знаю, что случится завтра или даже сегодня. Вот письмо для нее. Надеюсь, что все окончится лучше, чем мы думаем, и что весь этот шум рассеется как дым, в котором не видно даже огня. Если действительно все обойдется, вы уничтожите письмо; в противном случае отдадите его Луизе. В этом письме я обращаюсь также к своей матери, прося ее относиться к Луизе как к своей родной дочери. Я оставил бы ей все, что имею, но, понимаете, если я буду схвачен и осужден, то первым делом будет конфисковано все мое имущество; что касается наличных средств, у меня их почти нет: все до последнего рубля ушло на будущую республику, так что на этот счет я могу не беспокоиться. Обещаете ли вы исполнить мою просьбу?

– Клянусь вам.

– Благодарю. Теперь простимся. Постарайтесь, чтобы вас никто не заметил, когда вы будете выходить от меня, – это может вас скомпрометировать.

– Право, не знаю, должен ли я оставить вас одного.

– Да, мой друг, это необходимо. Подумайте, как важно для Луизы иметь в случае несчастия поддержку в вашем лице. Вы и так уже, быть может, скомпрометировали себя из-за своих добрых отношений со мной, с Муравьевым и Трубецким. Будьте же благоразумны если не для себя, то, по крайней мере, для меня – прошу вас от имени Луизы.

– Ради нее я готов на все.

– Прекрасно. До свидания. Я очень утомлен и должен хоть немного отдохнуть: день мне предстоит тяжелый.

– Ну что ж, до свидания, если вы этого желаете…

– Я требую этого.

– Будьте осторожны.

– Осторожность здесь ни при чем. Я ни в чем не властен. Прощайте. Излишне предупреждать вас, что одно неосмотрительное слово – и мы все погибнем.

– О, будьте спокойны!

Мы расцеловались.

Я ушел от него, не прибавив ничего больше, но в ту минуту, когда я намеревался затворить за собою дверь, до меня донеслись его слова:

– Поручаю вам Луизу.

Как я узнал впоследствии, участники заговора собрались в эту ночь у князя Оболенского.[1] На этом собрании присутствовали все видные заговорщики, и было решено выступить открыто против Николая на следующий день – день принесения присяги. Существовал план посеять среди солдат сомнение в том, что Константин будто бы не отказался от престола, и взбунтовать их. Заговорщики рассчитывали на то, что Константин пользовался большой популярностью и даже любовью в армии.

Как только взбунтуется один из полков, имелось в виду отправиться с ним по казармам поднимать другие полки, а затем идти на Сенатскую площадь с барабанным боем, чтобы собрать побольше народа. Заговорщики надеялись, что при одной этой демонстрации Николай не пожелает применять силу, войдет с восставшими в

---

[1] Оболенский Евгений Петрович (1796–1865) – офицер, декабрист, ближайший помощник К. Ф. Рылеева в деле подготовки восстания 14 декабря; сослан на каторгу, с 1839 г. на поселении.

переговоры и откажется от своих прав на престол. В таком случае ему собирались предложить следующие условия:

1. Собрать немедленно депутатов от всех губерний России.

2. Опубликовать от имени сената манифест, согласно которому депутаты должны выработать новую форму правления.

3. В ожидании этого избрать временное правительство, в котором примут также участие польские депутаты, дабы выработать меры, необходимые для сохранения единства государства.

В случае, если Николай, прежде чем принять эти условия, пожелает посоветоваться с Константином, он должен разрешить заговорщикам и восставшим полкам расположиться на зимние квартиры под Петербургом и дождаться там приезда великого князя, которому и будет представлен проект конституции, составленный Никитой Муравьевым. Если Константин (по убеждению заговорщиков, это было маловероятно) осудит восстание, от него надлежит отвернуться, если же император со своей стороны откажется от всяких переговоров, следует арестовать его со всей императорской фамилией, а дальше действовать сообразно обстоятельствам.

При неудаче восстания заговорщики собирались покинуть столицу и постараться поднять народ.

Граф Анненков не принимал участия в спорах на длительном и бурном собрании, где это решение было принято большинством. Но даже не имея надежды на успех, граф считал делом чести не отставать от других.

Заговорщики возлагали особые надежды на князя Трубецкого, и после собрания один из них с восторгом обратился к Анненкову:

– Не правда ли, мы выбрали превосходного вождя?

– Да, – ответил граф, – он очень представителен.

Под впечатлением этих событий Алексей Анненков вернулся домой, где и застал меня.

Глава тринадцатая

То, что я рассказал Луизе, не могло ее успокоить. Я все еще надеялся, что какое-нибудь неожиданное обстоятельство расстроит готовящийся заговор, и с этой мыслью отправился к себе, чтобы немного отдохнуть. Я так устал, что проснулся весьма поздно, тотчас же оделся и поспешил на Сенатскую площадь.

Заговорщики не теряли даром времени, и каждый из них уже был на своем посту, согласно указаниям Трубецкого, который распоряжался всем в военном отношении так же, как Рылеев – в политическом. Лейтенант Арбузов должен был поднять восстание среди матросов Гвардейского экипажа, а братья Бодиско и подпоручик Гудима – в Измайловском полку. Князь Щепин-Ростовский, капитан Михаил Бестужев,[1] брат его Александр и два других офицера, Брок и Волков, взяли на себя Московский полк. Что касается графа Анненкова, он не брал на себя никаких поручений, но обещал сделать все, что от него потребуют. Так как он слыл честным человеком и не требовал никакого поста в будущем правительстве, ничего большего от него не потребовали.

Я пробыл до одиннадцати часов не на Сенатской площади, – на улице было слишком холодно, – а в кондитерской, которая находилась в конце Невского рядом с домом банкира Серкле. Это был великолепный наблюдательный пост, так как окна кондитерской выходили на Адмиралтейскую площадь. В нее поминутно приходили посетители, от которых можно было узнать, что происходит в городе. Пока все обстояло, по-видимому, благополучно. Во дворец являлись генералы и адъютанты с донесениями, что Конногвардейский полк, кавалергарды, Преображенский и Семеновский полки, павловские

---

[1] Бестужев Михаил Александрович (1800–1871) – штабс-капитан лейб-гвардии Московского полка, декабрист, участник восстания 14 декабря. М. А. Бестужев был приговорен к каторжным работам навечно. Позже срок ему снизили до 13 лет.

гренадеры, гвардейский Стрелковый батальон, Финляндский лейб-гвардейский полк и саперы только что принесли присягу новому царю. От других воинских частей сведений еще не поступало, но, по всей вероятности, лишь потому, что их казармы были расположены на окраине.

Я уже собрался домой, понадеявшись, что день так и окончится и заговорщики, поняв безнадежность своих планов, ничего не предпримут, как вдруг мимо окон кондитерской промчался галопом какой-то адъютант. По-видимому, случилось нечто неожиданное. Мы выбежали на площадь. В воздухе чувствовалось то беспокойство, которое предшествует крупным событиям. И действительно, собравшиеся на площади войска шумели так сильно, что нельзя было даже приблизительно предсказать, чем все это кончится.

Князь Щепин-Ростовский и оба Муравьева выполнили взятые на себя поручения. В девять часов утра они прибыли в казармы Московского полка, и здесь князь Ростовский, вызвав вторую, третью, пятую и шестую роты, наиболее преданные, как известно, Константину, стал говорить, что их обманывают, заставляя присягнуть новому императору. Он добавил, что великий князь Константин не только не отказался от короны, но даже арестован за то, что не хочет уступить своих прав брату.

Вслед за тем взял слово Александр Бестужев.[1] Он сказал, что прибыл из Варшавы и Константин лично поручил ему воспрепятствовать присяге. Заметив, какое огромное впечатление

---

[1] Бестужев Александр Александрович (Марлинский; 1797–1837) – писатель, декабрист, принимал активное участие в происходившем восстании. Был сослан на Кавказ, где погиб в стычке с горцами. Дюма перевел и напечатал во Франции повести Марлинского «Аммалат-Бек», «Фрегат „Надежда“, очерк „Прощание с Каспием“ и в статье, посвященной их автору, утверждал: „Кажется, что эти страницы принадлежат Байрону, а между тем имя человека, написавшего их, даже не известно у нас! Сколько будет зависеть от меня, я постараюсь устранить это забвение, которое, по моему мнению, есть святотатство“.

произвела эта новость на войска, князь Ростовский [1] приказал солдатам зарядить ружья боевыми патронами.

В эту минуту в казармы прибыли генерал-майор Фредерикс и адъютант Веригин в сопровождении взвода гренадер и объявили офицерам полка, что те должны немедленно отправиться к своему командиру. Князь Ростовский решил, что настал момент действовать открыто. Обратившись к солдатам, он приказал им прогнать гренадеров ружейными прикладами и отнять у них знамя. В то же время он бросился на генерал-майора Фредерикса и повалил его ударом шпаги. Обернувшись, он увидел, что бригадный командир генерал-майор Шеншин спешит на помощь Фредериксу, и тоже сбил его с ног.

После этого он кинулся с несколькими солдатами на гренадер, ранил полковника Хвощинского, подпрапорщика Моисеева и рядового Красовского, вырвал у них из рук знамя и развернул его с криком «ура!». На этот крик большая часть солдат отвечала криками: «Да здравствует Константин! Долой Николая!» И князь Ростовский, воспользовавшись этим, повел их с барабанным боем на Адмиралтейскую площадь.

Адъютант, принесший это известие в Зимний дворец, столкнулся там с офицером, только что прискакавшим из казарм Гренадерского полка, который принес столь же тревожную новость. В тот момент, когда полк вышел из казарм, чтобы принести присягу, перед ним выступил подпоручик Кожевников:

– Мы должны принести присягу не великому князю Николаю, а императору Константину!

---

[1] Щепин-Ростовский Дмитрий Александрович (1798–1858) – князь, декабрист, капитан лейб-гвардии Московского полка. Не будучи формально членом тайного общества, присутствовал на совещаниях у К. Ф. Рылеева и Е. П. Оболенского, где обсуждались планы восстания. Вместе с А. А. и М. А. Бестужевыми вывел солдат на Сенатскую площадь; был приговорен к двадцати годам каторжных работ.

Когда же кто-то возразил ему, что Константин отказался от престола, он закричал:

– Неправда! Ложь! Великий князь едет в Петербург, чтобы наказать тех, кто забыл свой долг, и вознаградить тех, кто остался ему верен.

Однако, несмотря на это происшествие, полк все-таки присягнул Николаю и спокойно вернулся в казармы. Во время обеда корнет Сутгоф, присягнувший вместе со всеми, обратился к солдатам:

– Ребята, мы неправильно поступили, присягнув Николаю. Прочие полки возмутились и отказались присягать ему. Они теперь на Сенатской площади. Одевайтесь, зарядите ружья и следуйте за мной. Ваше жалованье у меня в кармане, и я раздам его, не дожидаясь приказа.

– Кто это сказал? – послышались голоса. – Верно ли это?

– Спросите корнета Панова. Он ваш друг, как и я.

– Вот что, ребята, – сказал Панов, не дожидаясь, чтобы к нему обратились, – ваш единственный законный император – Константин. Его хотят насильственно лишить престола. Да здравствует император Константин!

– Да здравствует Константин! – закричали солдаты.

– Да здравствует император Николай! – воскликнул полковник Стюрлер, вбегая в залу. – Не верьте им: Константин отказался, и ваш император – Николай. Да здравствует Николай!

– Да здравствует Константин! – орали солдаты.

– Вас обманывают, солдаты, вас сбивают с пути! – снова крикнул полковник Стюрлер.

– За мной, ребята, – кричал Панов, – на площадь, на защиту Константина! Да здравствует Константин!

– Да здравствует Константин! – кричали солдаты.

– К сенату, – крикнул Панов, обнажая шпагу, – за мной, ребята!

За ним устремилось человек двести солдат с криками «ура».

В то время как об этих событиях докладывали Николаю, во дворец прибыл граф Милорадович, военный губернатор Петербурга. Он знал уже о возмущении Московского полка и других полков и приказал войскам, на которые мог положиться, немедленно идти к Зимнему дворцу. Это были первый батальон Преображенского полка, три гвардейских Павловских полка и гвардейский батальон саперов.

Николай увидел, что дело принимает более серьезный оборот, чем ему показалось вначале. Вызвав генерал-майора Нейдгардта,[1] он велел ему передать гвардейскому Семеновскому полку, чтобы тот расправился с мятежниками. Затем, обратившись к Финляндскому полку, стоящему перед Зимним, он приказал солдатам зарядить ружья и охранять дворцовые входы и выходы.

В эту минуту на площади послышался сильный шум: это прибыли с барабанным боем и развевающимся знаменем третья и шестая роты Московского полка под предводительством князя Щепина-Ростовского и обоих Бестужевых. «Долой Николая, да здравствует Константин!» – кричали солдаты, и роты выстроились спиной к сенату. Вскоре вслед за ними прибыли гренадеры, среди которых было несколько штатских, вооруженных пистолетами.

В ту же минуту я увидел Николая, он вышел из Зимнего дворца и приблизился к его ограде. Он был бледнее обычного, но держался спокойно. Рассказывали, что, перед тем как выйти из дворца, он попрощался с семьей.

Вдруг позади меня раздался конский топот, и со стороны Мраморного дворца показался эскадрон кирасир во главе с князем Орловым,[2] одним из храбрейших и преданнейших друзей Николая. Перед ним ворота сразу отворились, он соскочил на землю и подошел с докладом к Николаю, в то время как его люди выстраивались перед Зимним дворцом. Опять загремел барабан: это приближались оставшиеся верными Николаю батальоны Преображенского полка.

---

[1] Нейдгардт Александр Иванович (1784–1865) – генерал-адъютант, начальник штаба гвардейского корпуса.

[2] Орлов Алексей Федорович (1788–1862) – генерал-адъютант, с 1844 г. шеф жандармов и главный начальник III Отделения.

Они также выстроились во дворе Зимнего дворца. Вслед за ними показались кавалергарды, среди которых я узнал Алексея Анненкова. Кавалергарды стали под углом к кирасирам, а образовавшийся между ними промежуток сразу же заняла артиллерия. Мятежники спокойно наблюдали за прибывающими воинскими частями и только время от времени повторяли: «Да здравствует Константин, долой Николая!» Они, очевидно, ждали подкрепления.

Между тем великий князь Михаил то и дело присылал в Зимний дворец гонцов с донесениями. В то время как Николай был занят обороной дворца, Михаил объезжал казармы, стараясь успокоить волновавшиеся полки. Кое-где ему удалось достигнуть этого. В тот момент, когда остатки Московского полка хотели последовать за двумя восставшими ротами, капитан пятой роты, граф Ливен, брат одного из моих учеников, приказал закрыть двери казармы.

Затем, встав перед солдатами, он вынул шпагу и крикнул, что убьет всякого, кто попытается выйти из казарм. При этой угрозе какой-то подпоручик подскочил к Ливену с пистолетом в руках, но граф ударом шпаги выбил из его рук оружие. Подпоручик снова поднял пистолет и прицелился в графа. Последний, скрестив руки на груди, сделал несколько шагов по направлению к нему. Все замерли, ожидая, чем окончится эта странная дуэль.

Подпоручик выстрелил. По счастью, пистолет дал осечку. В эту минуту кто-то постучал в дверь.

– Кто там? – крикнуло несколько голосов.

– Его императорское высочество великий князь Михаил Павлович, – ответили снаружи.

Эти слова вызвали сильное замешательство среди недовольных. Граф Ливен открыл дверь. Никто его не остановил.

Михаил вошел в сопровождении нескольких офицеров.

– Почему вы бездействуете в минуту опасности?! – воскликнул он. – Кто вы, честные солдаты или изменники?

– Ваше высочество, – ответил Ливен, – вы находитесь среди наиболее преданных вам людей, и вы незамедлительно убедитесь в этом.

И, подняв шпагу, он крикнул:

– Да здравствует император Николай!

– Ура, да здравствует император Николай! – в один голос ответили солдаты.

Подпоручик попытался что-то сказать, но Ливен схватил его за руку и шепнул:

– Молчите, я ни слова не скажу о том, что только что произошло между нами. Не губите себя!

– Ливен, – проговорил великий князь, – я поручаю этих людей вам.

– Отвечаю за них головой, ваше высочество, – ответил граф.

Вскоре на площади появился митрополит в окружении духовенства. Они несли хоругви. Подойдя к мятежникам, митрополит призвал их не нарушать своего долга и присягнуть Николаю. Солдаты стали кричать священникам, чтобы те не подходили и не вмешивались не в свое дело: их дело – молиться, а не заниматься земными делами. Митрополит хотел продолжать свои увещевания, но Николай приказал ему удалиться.

Николай подозвал старого генерала Милорадовича, героя Отечественной войны:

– Милорадович, ступай и поговори с ними.

Генерал Милорадович и великий князь Михаил поскакали к мятежникам, но их встретили выстрелами и криками: «Да здравствует Константин!»

– Ребята! – закричал Милорадович, поднимая над головой великолепную турецкую шпагу, осыпанную бриллиантами. – Видите эту шпагу, она подарена мне великим князем Константином. Честью заверяю вас и клянусь этой шпагой, что вы обмануты: Константин отказался от престола, и единственный законный император – Николай Павлович!

«Ура» и крики «да здравствует Константин!» были ответом на эти слова. В то же время раздался пистолетный выстрел, и Милорадович закачался в седле. Другой пистолет был нацелен на великого князя Михаила, но какой-то матрос из числа заговорщиков отвел руку стрелявшего, и Михаил остался невредим.

Князь Орлов и его кирасиры мгновенно окружили Милорадовича и великого князя и оттеснили их к Зимнему дворцу. Милорадович с трудом держался в седле и, едва въехав во двор Зимнего дворца, упал на руки подхвативших его людей.

Великий князь Михаил тут же соскочил с коня, подбежал к артиллеристам и, выхватив банник из рук канонира, поднес фитиль к запалу.

– Стрелять в изменников! Стрелять в них! – крикнул он.

Раздались четыре пушечных выстрела, и за ними последовал такой же залп. Более шестидесяти человек упали, остальные бросились врассыпную по Галерной улице, Английскому проспекту, Исаакиевскому мосту и по замерзшей Неве. Кавалергарды пришпорили коней и понеслись вдогонку, за исключением одного человека. Соскочив с коня, он подошел к графу Орлову и отдал ему свою шпагу.

– Что это значит, граф, – спросил удивленно генерал, – и почему вы отдаете мне шпагу, вместо того чтобы обратить ее против изменников?

– Потому, что я принимал участие в заговоре и рано или поздно буду разоблачен и арестован. Предпочитаю сам прийти с повинной.

Это был граф Алексей Анненков.

– Арестуйте графа Алексея Анненкова, – сказал генерал, обращаясь к двум кирасирам, – и отведите его в крепость.

Его отвели в крепость вместе с другими.

Первая моя мысль была о Луизе: ведь теперь я был ее единственным другом. И я поспешил к ней. Видя меня печальным и бледным, моя несчастная соотечественница сразу поняла, что случилась беда. И едва я переступил порог, как она подошла ко мне, с мольбою сложив руки.

– Что такое, ради бога, что случилось? – спросила она.

Я рассказал ей все, чему был свидетелем, и вручил ей письмо графа Алексея.

Как я и предполагал, это было прощальное письмо.

Генерал Милорадович скончался в тот же вечер от полученной раны.

На следующее утро, часов около девяти, когда город еще только просыпался и никто не знал, подавлено или нет восстание, Николай сел с супругой в карету, ожидавшую у подъезда Зимнего дворца, и поехал по улицам столицы, желая видеть, что происходит в городе. Везде было тихо. На Невском он заметил женщину, которая при его приближении стала на колени с какой-то бумагой в руках.

Кучер остановил лошадей, тогда женщина, обессиленная, вся в слезах, протянула царю бумагу. Николай хотел было ехать дальше, но императрица удержала его, взяла бумагу, на которой было несколько наскоро написанных слов: «Ваше величество, во имя всего самого святого для вас, пощадите графа Анненкова».

Под этими словами не было никакой подписи. Повернувшись лицом к незнакомой женщине, Николай спросил:

– Вы кто? Его сестра?

Просительница отрицательно покачала головой.

– Жена?

Она опять покачала головой.

– Так кто же вы наконец? – спросил Николай с раздражением в голосе.

– Ваше величество, – с трудом произнесла Луиза, – через несколько месяцев я буду матерью его ребенка.

Глава четырнадцатая

В последующие дни власти были заняты уничтожением следов грозного восстания...

Вечером и в ту же ночь были арестованы главные заговорщики: князь Трубецкой, Рылеев, князь Оболенский, капитан Якубович, лейтенант Каховский, капитан второго ранга Щепин-Ростовский, оба Бестужевых, один из которых состоял адъютантом герцога Вюртембергского, [1] затем человек шестьдесят – восемьдесят заговорщиков, среди них Анненков, который сдался по доброй воле, и полковник Булатов, последовавший его примеру.

Пестель был арестован в одном из южных городов в тот самый день, когда в Петербурге вспыхнуло восстание.

Что касается братьев Муравьевых-Апостол, которым удалось взбунтовать шесть рот Черниговского полка, они были схвачены возле небольшого селения Васильковского уезда генерал-лейтенантом Ротом. После отчаянного сопротивления один из них пытался застрелиться, но неудачно, а другой был тяжело ранен осколком снаряда и ударом шпаги по голове.

Где бы ни были арестованы заговорщики, всех их переслали в Петербург. Здесь была образована следственная комиссия, состоявшая из военного министра Татищева, великого князя Михаила, князя Голицына, петербургского военного губернатора Голенищева-Кутузова, назначенного вместо скончавшегося Милорадовича, Чернышева, Бенкендорфа, Левашова и Потапова. Они должны были расследовать заговор и выяснить степень вины каждого из его участников.

Согласно порядку, заведенному в Санкт-Петербурге, следствие велось втихомолку, и в городе о нем ничего не было известно. И

---

[1] Герцог Вюртембергский Александр-Фридрих (1771–1833) – брат императрицы Марии Федоровны (супруги Павла), участник войны 1812 г., генерал от кавалерии.

странное дело: после правительственного сообщения об аресте заговорщиков о них в обществе перестали говорить, словно их никогда не было, словно у них не осталось ни родных, ни друзей. Жизнь шла своим чередом, будто ничего особенного не произошло.

И однако, уверен в этом, все с трепетом ждали, что не сегодня завтра грянет как гром среди ясного неба некая страшная весть, ибо не подлежали сомнению ни пагубные намерения заговорщиков, ни наличие самого заговора. Луиза глубоко страдала, не зная, чем кончатся следствие и суд над Анненковым. И хотя я всячески старался внушить ей надежду, которой не было у меня самого, горе моей соотечественницы очень пугало меня. Со дня ареста Анненкова она перестала чем-либо заниматься, сидела неподвижно в комнатке позади магазина, уронив голову на руки, и безмолвно плакала. Когда в ее уединенную обитель приходил кто-нибудь из редких друзей, она неизменно обращалась к нему с таким вопросом:

– Скажите, они не убьют его?

И, не слушая ответа, повторяла:

– Ах, если бы я не была беременна!

Время шло, и никто по-прежнему не знал, какая участь грозит арестованным. Следственная комиссия, как мы уже говорили, работала в тайне, но чувствовалось, что дело близится к кровавой развязке.

Два происшествия, случившиеся в Петербурге, на время отвлекли горожан от декабрьского восстания, а именно: чрезвычайная французская депутация во главе с герцогом Рагузским и прибытие тела Елизаветы Алексеевны.

Депутация приехала в первых числах мая, а гроб с телом императрицы был привезен в середине июня. О приезде депутации мне сообщил письмом один из моих прежних учеников, а о прибытии останков государыни жители столицы были оповещены пушечными выстрелами. Мысли мои были всецело заняты Луизой и графом. Поэтому пушечные выстрелы показались мне страшными вестниками нависшей над нами угрозы. Я выскочил на улицу и увидел, что народ бежит к Неве. Я поспешил вслед за всеми, спрашивая у окружающих, в чем дело.

На набережной было столько народа, что, оставаясь там, я ничего бы не увидел. Поэтому я нанял лодку и наблюдал из нее, как траурный кортеж вступил на плашкоутный мост, соединяющий Марсово поле с Петропавловской крепостью.

Кортеж проходил по мосту целых полтора часа – так медленно он двигался и так далеко растянулся. Затем процессия направилась к крепости, куда за ней поспешила и вся толпа. Вернувшись, я нашел Луизу в смятении. Подобно мне, она ничего не знала о готовящейся печальной церемонии – отпевании и похоронах покойной императрицы – и безумно испугалась, когда раздались пушечные выстрелы и звон колоколов, решив, что это сигнал к началу казни.

Генерал Горголи, по-прежнему благосклонно относившийся ко мне, часто успокаивал меня, уверяя, что решение следственной комиссии станет заблаговременно известно населению и что в случае, если Анненков будет приговорен к смертной казни, мы успеем принять необходимые меры по его спасению. И действительно, 14 июля в местных газетах появилось сообщение следственной комиссии; сообразно своей виновности участники заговора были разделены на три категории [1] и обвинены в стремлении ниспровергнуть государственный строй и существующий порядок.

Верховный суд приговорил[2] к смерти тридцать шесть человек, а остальных – к ссылке. Анненков был в числе приговоренных к смерти.

---

[1] …разделены на три категории… – Все декабристы по степени активности были разделены на разряды. Пестель, Муравьев-Апостол, Бестужев-Рюмин, Рылеев, Каховский были поставлены «вне разрядов» и приговорены к четвертованию, замененному Николаем I повешением.

[2] Верховный суд приговорил… – К следствию и суду по делу декабристов было привлечено 579 человек. Следственные и судебные процедуры велись в глубокой тайне. Пестель, Муравьев-Апостол, Бестужев-Рюмин, Рылеев, Каховский были повешены 13 июля 1826 г. Сосланы в Сибирь на каторгу и поселение 121 декабрист. Более ста солдат были прогнаны сквозь строй, некоторые сосланы в Сибирь на каторгу или на поселение; свыше двух тысяч

Но тридцать одному из них смертная казнь была заменена ссылкой на вечное поселение, в их числе был и Анненков.

К казни были приговорены: Рылеев, Бестужев-Рюмин, Сергей Муравьев-Апостол, Пестель и Каховский.

Я выскочил как сумасшедший на улицу с газетой в руках, готовый в своей радости поделиться ею со всеми встречными, и, задыхаясь от спешки, прибежал к Луизе. Она читала ту же газету и, увидев меня, в слезах бросилась мне на шею.

– Слава богу, спасен! – только и могла проговорить она.

В своем эгоизме мы забыли о тех, кто готовился к смерти, а ведь и у них тоже были родные, друзья, знакомые. Первым же побуждением Луизы было сообщить радостную весть матери и сестрам Анненкова. Несчастные женщины еще не знали, что их любимец избавлен от грозившей ему смерти. Из Сибири, с каторги возвращаются, но могильная плита никогда не поднимается.

Луизе пришла в голову мысль, которая может прийти только матери или сестре: она подсчитала, что петербургские газеты будут отправлены в Москву только вечером, а если их послать с нарочным, можно выгадать двенадцать часов. Поэтому она спросила меня, не знаю ли я человека, который согласился бы немедленно отправиться в Москву. У меня был русский камердинер, человек толковый и надежный. Я предложил его Луизе в качестве посланца, и она с радостью согласилась. Остановка была только за подорожной, но благодаря покровительству дружественного мне генерала Горголи я ее получил через полчаса, и человек мой тут же выехал в Москву, получив тысячу рублей на путевые издержки.

Он опередил на четырнадцать часов официального курьера, и мать и сестры Анненкова узнали четырнадцатью часами раньше, что сын и брат их спасен.

солдат переведены на Кавказ, где в то время велись военные действия. Заново сформированный Черниговский полк, а также другой сводный полк из активных участников восстания также были посланы на Кавказ.

Камердинер мой, по имени Григорий, вернулся из Москвы с восторженным ответом семьи Анненкова. Старая графиня называла в нем Луизу своей дочерью, а девушки – сестрой, умоляя сообщить им день, когда осужденные будут увезены из Петербурга. Я сказал Григорию, чтобы он готовился снова отправиться в Москву, и очень обрадовал его этим. Такие поездки были для него весьма прибыльны: в прошлый раз мать Анненкова пожаловала ему тысячу рублей.

Мы ждали дня казни, но он еще не был назначен, и, следовательно, никто ничего не знал. Петербург просыпался каждое утро с мыслью о том, что все уже кончено с пятью обреченными. А многие надеялись, что их помилуют, так как уже более шестидесяти лет в Петербурге не было ни одной смертной казни.

Дни шли своим чередом, и население напряженно ожидало решения Николая. Как оказалось, задержка была вызвана тем, что не прибыл палач, выписанный из Германии.

Наконец, 23 июля вечером ко мне пришел молодой француз, служащий французского посольства, которого я просил держать меня в курсе событий. Он сообщил, что казнь состоится на следующий день в четыре часа утра.

Я поспешил к Луизе, чтобы сообщить ей эту новость, и у нее снова начались страхи за судьбу Анненкова. Быть может, его имя случайно попало в список приговоренных к ссылке, а на самом деле его казнят? Быть может, слух о смягчении наказания виновным распространили нарочно, чтобы предстоящая казнь не так взволновала население? Быть может, завтра же столица с ужасом увидит тридцать шесть трупов вместо пяти? Мнительная, как и все любящие женщины, Луиза беспрестанно изводила себя разными мрачными предположениями. А я всячески старался ее успокоить, так как знал от моего знакомого француза, что казнены будут лишь пять человек.

Я на время оставил Луизу, чтобы взглянуть на крепость и на приготовления к завтрашней казни, но увидел только членов трибунала, выходивших из крепости. Этого, однако, было достаточно:

я понял, что обвинительный приговор уже сообщен осужденным и завтра утром казнь непременно состоится.

Мы тотчас же послали моего Григория в Москву с новым письмом Луизы к матеря Анненкова. Таким образом на этот раз мы выгадали целых двадцать четыре часа.

Около полуночи Луиза попросила меня провести ее поближе к крепости: она хотела видеть хоть стены, в которых был заключен любимый ею человек.

Троицкий мост охранялся войсками, и по нему никого не пускали. Это служило лишним доказательством, что и в самом деле что-то готовилось на завтра. Мы смотрели на противоположный берег Невы, на суровые стены крепости, которые ясно вырисовывались в прозрачном сумраке северной ночи.

Кроме нас, на набережной никого не было. Мимо мчались запоздалые экипажи со светящимися фонарями, напоминавшими глаза дракона. По Неве тихо скользили лодки, и одна за другой уплывали куда-то. Только одна лодка стояла неподвижно, словно была на якоре, но и оттуда не доносилось ни единого звука. Быть может, в ней находилась жена, мать или сестра одного из мучеников, приговоренных к смерти, которые, подобно нам, ждали чего-то.

В два часа проходивший патруль велел нам уйти.

Мы вернулись к Луизе. До казни оставалось недолго: как я уже говорил, она была назначена на четыре часа. Я пробыл часа полтора у Луизы и снова вышел.

На улицах было пустынно. Я встретил лишь нескольких крестьян, по-видимому, ничего не знавших о том, что готовится в городе. Близился рассвет. Над рекой стоял легкий туман, застилавший противоположный берег.

На набережной теснились какие-то люди, но не потому, что их интересовала готовящаяся казнь, – они попросту не могли попасть к себе домой, так как мост был занят войсками. Люди эти были взволнованы и тихо переговаривались между собой, не зная, опасно или нет оставаться возле моста. Что до меня, я решил ждать, пока меня не прогонят.

За несколько минут до четырех часов возле крепости вспыхнул большой костер, привлекший мое внимание. Туман стал рассеиваться, и я увидел на фоне неба силуэты пяти виселиц. Сразу же после этого вывели приговоренных к ссылке. Все они были в парадной форме, при орденах. Солдаты несли за ними шпаги. Затем были приведены пять смертников в серых балахонах с белыми капюшонами. Им разрешили поцеловать друг друга.

К осужденным на смерть приблизился палач, накинул капюшоны им на голову и надел на шею веревку.

В эту минуту часы в крепости пробили четыре раза.

Еще не замолкли куранты, как из-под ног у осужденных была выбита доска, на которой они стояли. Вслед за этим раздался какой-то грохот. Солдаты подбежали к эшафоту, послышались неясные крики, и мне почудилось, что вспыхнул бунт.

Оказалось, что веревки, на которых висели двое повешенных, оборвались, и они свалились в открывшиеся при этом люки, один сломал себе бедро, а другой – руку. Это и было причиной того шума, который донесся до нас.

Упавших подняли и положили на помост, так как они не могли держаться на ногах. Один из них сказал другому:

– Несчастная Россия: повесить и то не умеют!

Послали за новыми веревками, сделали новые петли и собрались опять накинуть их на смертников. В эту минуту они громко крикнули:

– Да здравствует Россия, да здравствует свобода! За нас отомстят!

Этот грозный крик замер без всякого отклика, натолкнувшись на стену молчания. Люди, возгласившие свободу России, опередили свой век на целое столетие!

Настала очередь приговоренных к ссылке. Им прочитали приговор, по которому они лишались чинов, орденов и имущества. Затем с них сорвали эполеты и все ордена, которые палач бросил в огонь, и над головой каждого из них сломали его шпагу.

После этого их отвели обратно в каземат. Место казни опустело. Остались только часовые.

Я вернулся к Луизе и увидел ее на коленях: она молилась и плакала.

– Ну, что? – спросила она меня.

– Что ж, – сказал я, – те, кто должен был умереть, – умерли, те, кто должен жить, – будут жить.

Луиза задумалась.

– Не знаете ли, – спросила она меня, – сколько отсюда до Тобольска?

– Почти восемьсот лье, – ответил я.

– Это меньше, чем я думала, – сказала она.

Я внимательно посмотрел на нее, догадываясь, о чем она думает.

– Почему вы меня спрашиваете об этом? – спросил я.

– Разве вы не догадались?

– Но подумайте, Луиза, о своем положении.

– Друг мой, – молвила она, – успокойтесь. Я знаю обязанности матери по отношению к ребенку, но знаю также свои обязанности по отношению к отцу этого ребенка…

Я склонился перед этой самоотверженной женщиной и с благоговением поцеловал ее руку.

Той же ночью ссыльных отправили в Сибирь и виселицу разобрали. На рассвете не оставалось уже никаких следов происшедшего, так что обыватели могли подумать, будто все это пригрезилось им во сне.

Глава пятнадцатая

Мать Анненкова и его сестры хотели заранее знать дату отправки осужденных в Сибирь: путь из Санкт-Петербурга в Тобольск проходил через Ярославль – город, находящийся в каких-нибудь шестидесяти лье от Москвы, и женщины надеялись, что им удастся свидеться там с Алексеем.

Наш посланец Григорий был и на этот раз весьма радушно принят Анненковыми: они уже две недели готовились к путешествию и успели запастись подорожными. Как только Григорий сообщил им о дне высылки, они, не теряя ни минуты, отправились в Ярославль.

В России путешествуют очень быстро: выехав утром из Москвы, Анненковы на другой день прибыли в Ярославль, где с великой радостью узнали, что осужденных еще не провозили. Боясь, что их пребывание в этом городе может показаться подозрительным, графиня уехала с дочерьми в небольшую деревню вблизи Ярославля и наняла людей, которые должны были заранее уведомить ее о приближении партии ссыльных: пересыльный пункт находился в трех верстах от этой деревеньки.

Прошло два дня, и графине донесли, что партия, состоящая из пяти возков, приближается к пересыльному пункту и что начальник конвоя послал подчиненных в деревню за лошадьми. Графиня тотчас же села в свой экипаж и выехала навстречу этой партии. Когда прибыли ссыльные, она убедилась, что сына ее среди них нет.

Несколько часов спустя графине дали знать, что приближается вторая партия, но и в ней Алексея Анненкова не оказалось.

Как ни желала графиня поскорее увидеть сына, ей хотелось в то же время, чтобы он приехал как можно позже: чем позже он приедет, тем меньше будет шансов получить лошадей и тем дольше, стало быть, партия задержится на этом пересыльном пункте.

Обстоятельства сложились именно так, как того желала графиня: первые три партии в самом деле забрали всех лошадей. Наконец она узнала, что приближается четвертая партия.

Анненков находился в третьем возке этой партии. Несмотря на наступившие сумерки и на одежду, изменившую Алексея, женщины тотчас же узнали его. Вместе с другими ссыльными Анненков был отведен в избу, чтобы дожидаться там свежих лошадей.

Начальник конвоя тотчас же отрядил двух солдат за лошадьми, приказав им обследовать все окрестности, если в деревне лошадей не найдется. Конвойные повиновались, а он стал прогуливаться перед избой, где находились ссыльные. К нему приблизились три женщины, словно три тени, возникшие из ночного мрака. Начальник остановился, с недоумением глядя на них. Обратилась к нему старая графиня, а две дочери ее остались позади.

– Я мать одного из несчастных, находящихся в этой партии, – сказала она.

– Что вам угодно? – спросил унтер-офицер.

– Я хочу видеть сына.

– Это невозможно. Мне дан строжайший приказ никого не допускать к ссыльным, и я за это отвечаю головой.

– Но ведь никто не узнает об этом, – сказала графиня со слезами в голосе.

Обе дочери, подойдя к ней, также стали умолять офицера.

– Нет, это невозможно! – повторил он.

– Матушка, – закричал в эту минуту Анненков, появляясь в дверях избы, – матушка, я узнал ваш голос!

И он бросился в объятия старухи.

Начальник сделал движение, чтобы остановить его, но обе девушки повисли у него на руках.

– Взгляните, – шептали они, – взгляните на них!

Унтер-офицер хотел что-то сказать, но вздохнул и отвернулся. Оторвавшись от сына, старая графиня подошла к начальнику конвоя и, схватив его руку, поцеловала ее.

– Пусть Бог вознаградит вас за то, что вы сделали для бедной матери! – проговорила она.

– Нам придется здесь прождать еще не менее получаса, пока приведут лошадей, – сказал унтер-офицер. – Зайти в избу вы не можете, так как вас увидят ссыльные. Оставаться здесь вам тоже нельзя, потому что могут вернуться солдаты. Садитесь все четверо в вашу карету и спустите шторы.

Анненковы последовали доброму совету и целый час провели вместе, то смеясь, то плача, так как они знали, что расстаются навек. Мать и сестры рассказывали Алексею, как они узнали на двенадцать часов раньше о приговоре над ним и на двадцать четыре часа раньше о дне его отправления в ссылку.

Через час, пролетевший как мгновение, унтер-офицер открыл дверцу кареты:

– Сейчас будут лошади. Пора расстаться!

– О, еще несколько минут! – взмолились женщины.

– Ни одной секунды, – решительно повторил он, – иначе вы погубите меня!

Мать и сестры стали прощаться с Алексеем. Сцена эта была столь драматична, что унтер-офицер поневоле был тронут.

– Если вы желаете, – сказал он, – опять увидеть его, то поезжайте вслед за партией до ближайшей остановки. Мы станем перепрягать там лошадей, и у вас опять будет почти целый час. А мне все равно отвечать что за один раз, что за два.

– О нет! вам ничего не будет! – в один голос воскликнули женщины. – Напротив, Господь Бог вознаградит вас.

– Гм! гм! – с сомнением пробормотал унтер-офицер.

Женщины тут же послали за лошадьми, и все же ждать пришлось долго. Тысячи мыслей, тысячи опасений приходили им в голову. То им казалось, что унтер-офицер раздумает, то они опасались, что не успеют нагнать партию. Наконец им привели лошадей, и они поспешили выехать.

На следующем пересыльном пункте повторилась та же сцена. Пока конвойные искали лошадей, прошло не менее трех четвертей часа, в течение которых мать и сестры могли побыть с Алексеем. Но и здесь пришлось расстаться. Старая графиня сняла с пальца кольцо и отдала его сыну. Она в последний раз обняла его, в последний раз Алексей расцеловался с ней и с сестрами.

Вернувшись в Москву, графиня нашла у себя дома Григория, которому, уезжая, наказала ждать ее, и передала ему записку Алексея для Луизы. В ней было всего несколько строк:

«Я не ошибся в тебе: ты ангел. Единственное, что я могу сделать ради тебя на этом свете, – это любить тебя как жену и поклоняться тебе как святой. Береги нашего ребенка. Прощай.

Алексей».

К этой записке было приложено письмо графини, в котором она приглашала Луизу в Москву и обещала ждать ее, как ждет мать любимую дочь.

При чтении этих строк Луиза печально покачала головой.

– Нет, – сказала она, улыбаясь своей печальной улыбкой, – в Москву я не поеду… мое место не там!

Глава шестнадцатая

Начиная с этого момента Луиза стала упорно осуществлять свой замысел – уехать к графу Алексею в Тобольск.

Как я уже сказал, она была на седьмом месяце беременности и хотела отправиться в путь тотчас же после родов.

Луиза превратила в деньги все, что имела: магазин, мебель, драгоценности. Покупателям было известно, в какой крайности она находится, а потому ей пришлось распродать вещи за бесценок. Тем не менее она собрала почти тридцать тысяч рублей и, оставив свою квартиру на Невском, перебралась в маленькое помещение на Мойке.

Со своей стороны, я обратился к генералу Горголи, моему постоянному покровителю, который обещал мне испросить у императора разрешение на выезд Луизы в Тобольск. Слух о ее плане во что бы то ни стало соединиться с любимым человеком распространился по Петербургу; все удивлялись преданности молодой француженки, но предсказывали, что, когда наступит решающий момент, у нее не хватит мужества уехать. Один я был уверен, что Луиза выполнит свое намерение, – я хорошо знал ее.

Впрочем, я был ее единственным другом, даже больше – я был ее братом. Все свободные минуты я проводил с нею, и говорили мы только о графе Алексее.

Я не раз пытался доказать ей все безрассудство ее намерения, но она отвечала мне со своей печальной улыбкой:

– Вы прекрасно понимаете, что я должна последовать за ним, и не только потому, что люблю его, но также из чувства долга. Я считаю себя виновной в том, что он принял участие в этом заговоре. Кто знает, если бы я отвечала на его письма, у него, быть может, не развилось бы такое отвращение к жизни. Если бы я призналась на полгода раньше, что люблю его, я уверена, он не был бы теперь сослан. Вы сами видите, что я так же виновна, как он, и по справедливости должна разделить его участь.

Зная в глубине души, что на ее месте я поступил бы точно так же, я ответил ей:

– Ну что ж, поезжайте, и да свершится воля Господня.

В первых числах сентября Луиза разрешилась от бремени мальчиком.

– В глазах света, – сказала она, – у моего ребенка нет ни имени, ни семьи. Если мать Алексея захочет, я отдам ей сына, так как не могу взять его с собой в такой далекий путь, но сама навязывать его, конечно, не стану.

И она позвала кормилицу, чтобы поцеловать ребенка и показать мне, как он похож на своего отца.

То, что должно было случиться, – случилось. Мать Анненкова, узнав о рождении ребенка, написала Луизе, что ждет ее с сыном к себе. Если до сих пор Луиза все еще колебалась, то это письмо уничтожило все ее сомнения. Ее тревожила лишь участь ребенка; теперь же она могла ехать незамедлительно.

Однако, как ни мечтала Луиза поскорее отправиться в путь, беременность и особенно пережитые волнения так расстроили ее здоровье, что она с трудом оправлялась после родов. Я посоветовался с ее врачом, который сказал мне, что она слишком слаба для такого длительного путешествия. Все это нисколько не помешало бы ей тотчас уехать из Петербурга, но остановка была за разрешением, которое я должен был выхлопотать через посредство Горголи.

Однажды рано утром кто-то постучал в мою дверь, и я услышал голос Луизы. Я подумал, что с ней приключилось новое несчастье. Наскоро одевшись, я открыл дверь и был поражен видом Луизы: она сияла от радости.

– Он спасен, – воскликнула она, – спасен!

– Кто? – спросил я.

– Он, он, Алексей!

– Каким образом?

Читайте!

И она протянула мне письмо графа. Я посмотрел на нее с удивлением.

– Прочтите это письмо, – сказала она, упав в кресло под влиянием обуревавшей ее радости.

Я прочитал:

«Дорогая Луиза!

Человеку, который отдаст тебе это письмо, ты можешь довериться так же, как и мне: это мой лучший друг, мой спаситель.

Я заболел в дороге, и меня пришлось оставить в Перми. Случаю было угодно, чтобы в брате смотрителя здешней тюрьмы я узнал старого слугу нашей семьи. Благодаря его стараниям тюремный врач признал меня больным и не разрешил ехать дальше. И вот мне

было позволено провести всю зиму в здешнем остроге, откуда я пишу тебе это письмо.

Все готово к моему бегству. Смотритель тюрьмы и брат его убегут вместе со мною, и я должен, конечно, вознаградить их за то, что они потеряют из-за меня, а также за ту опасность, которой подвергнутся. Отдай, пожалуйста, подателю сего все деньги, какие у тебя найдутся, а также все драгоценности.

Я знаю, как сильно ты меня любишь, и надеюсь, что ты не задумаешься сделать

все возможное ради моего спасения.

Как только я буду в безопасности, я вызову тебя, и ты приедешь ко мне.

Граф Анненков».

– Ну и что же? – спросил я, пробежав письмо еще раз.

– Как, что же? – удивилась она. – Разве вы не видите?

– Да, он предполагает бежать.

– Я уверена, что это ему удастся.

– И что же, вы сделали?

– И вы еще спрашиваете?!

– Неужели, – вскричал я, – вы отдали неизвестному человеку…

– Все, что у меня было. Ведь Алексей пишет, чтобы я доверилась его другу как ему самому.

– А вы уверены, – медленно проговорил я, – что это письмо от Алексея?

В свою очередь, она с изумлением посмотрела на меня.

– От кого же, как не от него?

– Ну а если этот человек… я не могу этого утверждать, но у меня такое тяжелое предчувствие…

– Какое? – спросила Луиза, бледнея.

– А что, если этот человек – мошенник, подделавший почерк графа?

Луиза вскрикнула и вырвала у меня из рук письмо.

– О нет, нет! – воскликнула она, как бы стараясь успокоить самое себя. – Нет! Я прекрасно знаю почерк Алексея и не могу ошибиться!

И однако, перечитав письмо, она побледнела.

– Нет ли у вас при себе другого письма от него? – спросил я.

– Есть. Вот его записка, написанная карандашом.

Почерк письма был, по-видимому, тот же самый, и все же в нем чувствовалась какая-то неуверенность.

– Неужели вы думаете, – спросил я, – что граф обратился бы к вам за помощью?

– А почему бы нет? Разве не я люблю его больше всех на свете?

– Да, конечно, за любовью, за нежностью он обратился бы к вам, но за деньгами – к своей матери, и только к ней.

– Но разве все, что я имею, не принадлежит ему? – спросила Луиза дрогнувшим голосом.

– Да, несомненно, но либо я не знаю графа Анненкова, либо это письмо писал не он.

– Боже мой, – вскричала Луиза, – ведь эти тридцать тысяч рублей – все мое достояние, моя единственная надежда!

– Скажите, а как он подписывал свои письма к вам? – спросил я.

– Попросту «Алексей».

– А это письмо подписано «граф Анненков».

– Да, – подтвердила Луиза, совершенно подавленная.

– Вы не знаете, что сталось с этим человеком?

– Нет. Он мне сказал, что приехал вчера вечером и немедленно уезжает обратно в Пермь.

– Надо заявить в полицию. Ах, если бы полицеймейстером попрежнему был Горголи!

– Заявить в полицию?

– Конечно!

– Ну а если мы ошибаемся, – спросила Луиза, – если человек этот окажется не мошенником, а спасителем Алексея, ведь я могу погубить его из-за нескольких тысяч. Ведь я вторично буду виновницей его несчастья! О нет, лучше рискнуть! А что до меня, я как-нибудь выйду из положения. Не беспокойтесь обо мне. Единственное, что я хотела бы знать, действительно ли Алексей в Перми?

– Послушайте, – сказал я, – мне довелось слышать, что конвой, сопровождавший сосланных в Сибирь, недавно вернулся обратно. Я знаком с одним жандармским ротмистром. Я схожу к нему и узнаю, в чем дело. Подождите меня.

– Нет, нет, я пойду с вами.

– Не советую, вы еще слишком слабы, чтобы лишний раз выходить на улицу. Вы и так поступили очень неосторожно, что пришли ко мне. А главное, вы помешаете мне собрать нужные сведения.

– В таком случае идите один и возвращайтесь как можно скорее. Помните, что я вас жду!

Я поспешно оделся, взял извозчика и спустя десять минут был у жандармского ротмистра Соловьева: одно время он тоже был моим учеником.

Я не ошибся: конвой и в самом деле вернулся три дня тому назад. Узнав, какого рода сведения мне нужны, Соловьев предложил помочь мне: оказалось, что унтер-офицер, в партии которого был Анненков, его хороший знакомый.

Соловьев послал за ним, и спустя несколько минут офицер этот явился. Это был человек с прекрасной военной выправкой, с суровым и вместе с тем добрым лицом. Хотя я и понятия не имел о том, что он сделал для графини и ее дочерей, я сразу же почувствовал к нему симпатию.

– Вы были начальником конвоя, сопровождавшего четвертую партию ссыльных? – спросил я.

– Да, я.

– В этой партии был граф Анненков?

– Гм... гм...

Унтер-офицер замялся, не зная, к чему клонятся мои расспросы. Я увидел его смущение и поспешил объясниться.

– Вы говорите с другом графа Анненкова, готовым пожертвовать жизнью ради него, – проговорил я, – умоляю вас, скажите мне всю правду.

– Что вам угодно знать? – спросил офицер по-прежнему недоверчиво.

– Я хочу прежде всего знать, не заболел ли он в дороге?

– Ничего подобного.

– Затем, остался ли он в Перми?

– Мы там даже не останавливались.

– Значит, он продолжал безостановочно свой путь?

– Да, до Козлова, где он, надеюсь, и по сей час находится в таком же добром здоровье, как мы с вами.

– А что это такое – Козлово?

– Сельцо на Иртыше, примерно в восьмидесяти верстах от Тобольска.

– Вы уверены, что он там?

– А то как же! Ведь я получил расписку от местных властей и представил ее позавчера его превосходительству господину полицеймейстеру.

– Стало быть, и болезнь и остановка графа в Перми – это басни?

– Конечно. Ни слова правды в этом нет.

– Благодарю вас, друг мой.

Я отправился затем к Горголи и все ему рассказал.

– И вы говорите, – спросил он, – что эта девушка решилась отправиться за своим любовником в Сибирь?

– Да.

– Хотя у нее нет теперь никаких средств?

– Да, ваше превосходительство.

– В таком случае передайте ей от меня, что она к нему поедет.

Я вернулся домой. Луиза ждала меня.

– Скажите, – тут же спросила она, – вы узнали что-нибудь?

– Узнал и хорошее и дурное: ваши тридцать тысяч пропали. Граф в дороге не болел и теперь находится в Козлове, откуда ему вряд ли удастся бежать. Зато вы получите разрешение отправиться к нему.

– Другого я ничего и не желаю, – обрадовалась она, – только бы поскорее получить это разрешение.

Я передал Луизе свой разговор с Горголи, и она вполне успокоилась: так сильно было ее желание уехать к Алексею.

Проводив ее домой, я отдал ей все, что имел, – что-то около трех тысяч рублей. К сожалению, остальные свои сбережения я незадолго до этого отослал во Францию, не предполагая, конечно, что они могут мне понадобиться.

Горголи сдержал слово: Луиза не только получила разрешение на поездку, но к нему были приложены тридцать тысяч рублей. Кроме того, сопровождать ее в Сибирь в качестве фельдъегеря был назначен тот самый унтер-офицер, который конвоировал графа Анненкова.

ГЛАВА СЕМНАДЦАТАЯ

Было решено, что Луиза выедет в Москву на следующий же день и там оставит своего ребенка у матери Алексея. Я обещал сопровождать ее до Москвы, второй столицы России, которую давно собирался осмотреть. Луиза попросила фельдъегеря позаботиться об экипаже и лошадях, чтобы выехать с утра, часов около восьми.

В назначенный час лошади были готовы, что указывало на исполнительность фельдъегеря. Более того, он получил разрешение взять для этого путешествия экипаж и лошадей из дворцовых конюшен.

Луиза была бесконечно счастлива: все ее страхи исчезли. Еще накануне она готовилась отправиться в путь чуть ли не пешком, без копейки в кармане. Сегодня ей предстояло путешествовать с роскошью, о которой она и мечтать не смела. Экипаж был превосходный и очень поместительный.

Кто не путешествовал по России, тот не знает, с какой быстротой ездят русские. Между Петербургом и Москвой около семисот верст, и если щедро давать на чай ямщикам, то они покрывают это расстояние за сорок часов.

Между станциями по этому тракту двадцать-тридцать верст, а хорошие чаевые составляют от пятидесяти копеек до рубля. Если платить ямщику эти деньги, то, подъезжая к почтовой станции, он еще издали кричит:

«Лошадей для моих орлов!» Это означает, что он получает хорошие чаевые и что нужно поскорее дать свежих лошадей. Если ямщику дают мало или ничего не дают, он подъезжает к станции молча, всем своим видом говоря, что спешить с перепряжкой лошадей нечего.

Около каждой почтовой станции обычно стоят человек десять – пятнадцать крестьян с лошадьми. В ожидании проезжих они играют в какие-нибудь игры, а заслышав крик ямщика об «орлах», поспешно тянут жребий. Встав бок о бок, они берут постромку или какую-нибудь веревку, сжимают ее обеими руками, а тот, кому достанется ее конец, и везет дальше седоков. Если же, напротив, проезжие не дают чаевых или дают слишком мало, то ямщик, которому выпал жребий доставить их на следующую станцию, бывает не слишком доволен: он медленно идет за лошадьми, нехотя запрягает их и не торопясь пускается в путь.

Ямщик редко прибегает к кнуту. Лошади слушаются его голоса и то ускоряют, то замедляют бег. Обыкновенно они мчатся во весь дух, и ямщик редко объезжает то, что валяется на дороге, будь то дерево, вязанка хвороста, пук соломы, а вывернув своих седоков, он утешает их следующими словами: «ничего» и «небось». Каков бы ни был ваш чин, положение и возраст, ямщик неизменно обращается к вам на «ты».

Когда в дороге случается поломка, ямщик тотчас же исправляет ее. Загорится ли ось, сломается ли спица в колесе, он срубит ближайшее дерево топором, который всегда находится при нем, и изготовит то, что ему нужно.

В пути ямщик распевает свои бесконечные песни, не обращая внимания на то, что делается позади него в экипаже. Бывали случаи, что седоки вываливались на ухабах из экипажей, а ямщик как ни в чем не бывало продолжал ехать дальше. И только потом, заметив исчезновение своих седоков, возвращался за ними и говорил в утешение со своей обычной улыбкой:

– Это ничего.

Мы приехали в тот же вечер в Новгород, старинный русский город, который взял себе девизом следующую поговорку: «Супротив Бога и великого Новгорода никто не устоит».

Новгород был колыбелью русской монархии, шестьдесят церквей которого едва могли вместить достославное население великого города. Теперь же со своими полуразрушенными стенами и пустынными улицами он встает между Санкт-Петербургом и Москвой – этими двумя современными столицами русской империи, – как тень былого могущества.

Мы остановились в Новгороде лишь для того, чтобы поужинать, и тотчас же продолжали путь. Ночью мы видели порой по бокам тракта костры и вокруг них длиннобородых мужиков и целый ряд повозок. Это были возчики, которые за неимением постоялых дворов ночуют на голой земле и утром встают отдохнувшие и веселые, словно провели ночь в удобных кроватях.

На другое утро мы проснулись в так называемой русской Швейцарии. После неизменных равнин и огромных еловых лесов перед нами лежал живописный край с озерами, долинами и холмами. Город Валдай – столица этой северной Гельвеции находится от Петербурга на расстоянии, приблизительно равном девяносто лье. Едва мы въехали в этот город, как нас окружили торговки с пряниками, напомнившие мне уличных девиц в Париже. В самом деле, девушки эти были в коротких юбках и, как мне показалось, не столько занимались торговлей, сколько ремеслом, не имеющим с ней ничего общего.

За Валдаем лежит Торжок, город, славящийся сафьяном, из которого там выделывают всевозможную обувь, порой очень элегантную.

Следующим городом была Тверь – центр Тверской губернии, где находится мост через Волгу длиной в шестьсот шагов.

Когда мы отъехали верст на двадцать пять от Твери, наступила ночь, а проснувшись утром, мы уже увидели золотые купола московских церквей. Москва произвела на меня сильнейшее впечатление: я видел перед собой огромную могилу, где Франция похоронила свое военное счастье. Я вздрогнул помимо воли, и мне показалось, что передо мной вот-вот предстанет тень Наполеона и, плача кровавыми слезами, поведает о своем поражении.

В Москве я видел повсюду следы пребывания французов в 12-м году. То тут то там попадались разрушенные, обгорелые здания – свидетельства дикого патриотизма Растопчина. [1] Мне хотелось

---

[1] …свидетельства дикого патриотизма Растопчина. – Растопчин Федор Васильевич (1763–1826), в 1812 г. главнокомандующий

выскочить из экипажа и расспросить про дорогу в Кремль, но я был не один. Я решил отложить осмотр города, и в частности Кремля, до другого раза, а пока что мы направились в гостиницу, хозяин которой оказался французом. По воле случая наша гостиница находилась вблизи особняка графини Анненковой.

Луиза очень устала с дороги, так как почти все время держала на руках своего сына. Я советовал ей сперва отдохнуть, а уже потом известить графиню о своем приезде и попросить разрешения представиться ей. Но она меня не послушала: не медля, послала графине записку о нашем благополучном прибытии и сообщила, где мы остановились.

Десять минут спустя у подъезда гостиницы остановился экипаж, из которого вышли графиня и две ее дочери. Они не стали ожидать, когда к ним явится Луиза, а сами поспешили к ней. Старая графиня и ее дочери, видимо, оценили благородное сердце Луизы и не могли допустить, чтобы та, которую они называли дочерью и сестрой, жила в гостинице во время своего краткого пребывания в Москве.

Через тонкую стенку, отделявшую мой номер от номера Луизы, я слышал, с какой сердечной теплотой они беседовали с Луизой.

Луиза показала им уснувшего сына, и прежде, нежели она высказала свое желание оставить его у них, барышни завладели ребенком и передали его старой графине.

Узнав, что я приехал с Луизой, они пожелали видеть и учителя фехтования, преподавателя графа Алексея. Я ожидал этого и успел заранее привести себя в порядок после длительного путешествия.

Легко догадаться, что меня буквально засыпали вопросами.

Я хорошо знал графа Алексея и очень любил его, так что с удовольствием удовлетворил их любопытство. Бедные женщины очень тепло отнеслись ко мне и настойчиво предлагали поселиться у них, но я отказался. Во-первых, я не имел права на такое внимание с их стороны, а во-вторых, я чувствовал себя гораздо свободнее в

войсками Москвы. Здесь Дюма повторяет версию Наполеона, который называл Растопчина «поджигателем Москвы».

гостинице. Так как я не собирался оставаться в Москве после отъезда Луизы, мне следовало воспользоваться своим кратким пребыванием в этом городе, чтобы осмотреть его.

Для ознакомления с Москвой я взял с собой фельдъегеря: он был участником войны 12-го года, совершил отступление от Немана до Владимира, а затем принимал участие в преследовании французов от Владимира до Березины. Такой человек был для меня сущим кладом. Луиза уехала с Анненковыми, а я остался в гостинице, пообещав, что приду к ним в тот же день обедать.

Четверть часа спустя мы с фельдъегерем начали прогулку по Москве.

Глава восемнадцатая

Несмотря на повсеместные следы бывшего здесь в 12-м году пожара, сохранившиеся как мрачное воспоминание об этой ужасной године, Москва стала после этого еще краше и величественнее, чем прежде. Московский Кремль остался нерушимым свидетелем былых дней, нисколько не утратив своего византийского характера, благодаря которому он с первого взгляда напоминает Дворец дожей в Венеции.

Само собой разумеется, что прежде всего я направился в Кремль. Я вошел в него через Спасские ворота, по обычаю русских обнажив при этом голову. Кроме Спасских, еще четверо ворот пробиты в его зубчатых стенах.

Кремль означает, собственно, «камень». В Кремле находится сенат, Арсенал, Благовещенский собор, Успенский кафедральный собор, в котором цари венчаются на царство и где недавно короновался император Николай, Архангельский собор, где похоронены первые русские цари, Патриарший дворец и древние царские палаты, в которых родился Петр Великий.

Благодаря моему проводнику я все осмотрел подробно. Фельдъегерь показал мне подземный ход, через который Наполеон выбрался из Кремля, а также апартаменты, где он, как говорят, простоял целые сутки у окна и, скрестив на груди руки, следил за приближением нового, неведомого и страшного врага – огненной стихии, отнимавшей у него шаг за шагом плоды его побед. Из этих комнат я вышел на террасу, откуда Москва представилась мне утопающей в садах и сверкающей своими бесчисленными золотыми куполами.

Кремль расположен в центре Москвы, на холме, у подножия которого течет Москва-река. С высоты террасы, где я стоял, Москва видна как на ладони и со своими извилистыми улицами, причудливыми домами и церквами кажется фантастическим городом из «Тысячи и одной ночи».[1]

Налюбовавшись видом Москвы, я спустился к зданию сената, построенному в царствование Екатерины, на котором красуется слово «закон», написанное на всех его четырех стенах. Так как здание это не представляло для меня особого интереса, а долго оставаться в Москве я не рассчитывал, я не стал тратить время на его осмотр, а направился в Арсенал, обширное здание, начатое постройкой в 1702 году Петром Великим.

Здание это было заминировано в 12-м году при отступлении французской армии и носит до сих пор следы взрыва, совершенно его исковеркавшего.

Отсюда мы направились к церкви Ивана Великого, построенной в 1600 году в память избавления народа от голода, поразившего страну. Форма ее колокольни восьмиугольная, а купол покрыт, как говорят, чистым золотом. Крест этой церкви был снят Наполеоном при отступлении его из Москвы и предназначался им для украшения купола Дома Инвалидов в Париже, но был утерян при переправе через Березину. Русские заменили этот крест медным позолоченным крестом.

Около Ивана Великого лежит знаменитый Царь-колокол, привезенный из Новгорода в Москву. Колокол этот висел на колокольне Ивана Великого, выделяясь своей громадой среди других колоколов. Но однажды он сорвался, сломав балку, на которой висел, и при падении глубоко врезался в землю. Стоил он очень дорого, особенно если вспомнить, что во время его отливки горожане бросали в расплавленную массу свою золотую и серебряную утварь. Таким образом, на этот колокол ушло без всякой пользы около четырех миллионов семисот сорока двух тысяч франков.

---

[1] «Тысяча и одна ночь» — памятник средневековой арабской литературы, сборник занимательных сказок, полных юмора и народной мудрости.

Я не хотел уйти из Кремля, не побывав в Успенском соборе, где недавно короновался Николай. Собор этот, построенный в 1325 году, был затем перестроен в 1475 году итальянскими архитекторами, которых Иван III выписал из Флоренции. Храм невелик – он вмещает не более пятисот человек. В нем находятся гробницы патриархов и хранится древний трон царей. До 1812 года в храме висела серебряная люстра весом более трех тысяч семисот фунтов, которая исчезла во время французского нашествия. Зато заменившая ее люстра была выплавлена из серебра, отобранного у нас во время отступления. Надо сознаться, что церковь проиграла от этой замены, ибо новая люстра весит всего шестьсот шестьдесят фунтов.

Мне хотелось продолжить свое знакомство с Москвой, но я был зван на обед к Анненковым. Пришлось ограничиться поверхностным осмотром храма Василия Блаженного,[1] наиболее интересного из двухсот шестидесяти трех московских церквей. Он был возведен в 1554 году Иваном Грозным в память взятия Казани. Строил его итальянский архитектор, который, пожелав угодить своевольному царю, создал нечто необычное. Храм венчают семнадцать разноцветных куполов, каждый из которых имеет особую форму: один шарообразный, другой – напоминает сосновую шишку, третий – ананас и т. д. Грозный остался так доволен этим произведением искусства, что перед отъездом иностранного архитектора велел не только уплатить ему вдвое больше обещанного, но и ослепить несчастного, чтобы он уже не мог больше создать ничего подобного.

Настало время отправляться на обед к графине Анненковой. Луиза уже обосновалась у них, но на все просьбы подольше пробыть в Москве отвечала отказом. Единственное, на что она согласилась, – это не уезжать через день утром. Ее сын успел стать домашним тираном: все в доме ходили на цыпочках, бежали к нему при

---

[1] Храм Василия Блаженного — собор Покрова «что на рву», т. е. Покровский собор. Построен в 1555–1561 гг. На основании летописных данных создание храма приписывается зодчим Барме и Постнику.

малейшем крике, а кормилицу нарядили в великолепный национальный костюм, купленный для нее молодыми хозяйками.

Нетрудно догадаться, что за обедом речь шла только об Алексее и о предстоящем отъезде Луизы. Приближающаяся зима, а морозы в Сибири достигают порой сорока – пятидесяти градусов, внушала серьезные опасения графине и ее дочерям: ведь Алексей, как и большинство богатых и знатных молодых людей в России, с детства привык к комфорту и роскоши.

Графиня предлагала Луизе всевозможные вещи, чтобы по возможности облегчить положение Алексея, но та ничего не захотела брать, кроме мехов.

Я тоже отказался по ее примеру от подарков, соблазнившись только турецкой саблей, принадлежавшей покойному графу Анненкову, ценность которой заключалась главным образом в закалке.

Несмотря на то что я чувствовал себя очень усталым, проведя в дороге два дня и две ночи, я пробыл у этих превосходных людей до полуночи. Затем я откланялся и вернулся в гостиницу.

Я сообщил фельдъегерю, что хотел бы на следующий день посмотреть Петровское, и в семь часов утра извозчик уже стоял у подъезда гостиницы. Поездка в Петровское была, с моей стороны, своеобразным паломничеством: именно там пробыл Наполеон те три дня, что длился пожар Москвы.

Около часа спустя мы уже были в великолепном дворце, именем которого назван живописный поселок, почти исключительно состоящий из загородных дач богатейших московских вельмож. Сам Петровский дворец удивляет своей странной архитектурой, которая, на мой взгляд, есть подражание стилю старинных татарских дворцов. Я забыл сказать, что до прибытия сюда мы проехали через небольшой лесок, где среди темных елей я чуть ли не с детской радостью приветствовал несколько величественных дубов, напомнивших мне прекрасные леса Франции.

Фельдъегерь отправился на постоялый двор, чтобы заказать завтрак, и весело сообщил мне по возвращении, что в Петровском как раз обосновалась труппа цыган. Я знал понаслышке, что русские увлекаются цыганами, которые для них то же, что танцовщицы для египтян и баядерки для индусов. Исследовав свои карманы, я решил доставить себе за завтраком это чисто княжеское удовольствие и попросил фельдъегеря отвезти меня к ним.

Мы подъехали к одному из лучших домов поселка. К сожалению, цыган дома не было, но служанка, уроженка Мальты, немного говорившая по-итальянски, предложила нам подождать их. Я охотно согласился: мне было очень интересно увидеть, как живут цыгане.

Комната, в которую она ввела нас, служила, по-видимому, общей спальней, так как вдоль двух ее стен стояли кровати, застланные довольно приличными одеялами. На некоторых из них лежали горы подушек разной величины, а в головах висели музыкальные инструменты, оружие или всевозможные украшения.

Прождав немного, я удалился, попросив прислать в ресторан четверых или пятерых цыган, так как мне очень хочется послушать их пение. Служанка уверила меня, что передаст им мое приглашение, как только они вернутся домой.

Хозяин ресторана, где был заказан завтрак, оказался французом, оставшимся здесь после отступления армии. Он был поваром у князя Невшательского[1] и решил применить свои таланты на чужбине. В России, как я заметил, повара и учителя не остаются долго без работы, и наш француз вскоре получил место у одного из русских князей. Прослужив у него лет семь-восемь, он собрал изрядную сумму денег и открыл собственный ресторан в Петровском. Зная, что имеет дело с соотечественником, он отнесся ко мне очень внимательно и приготовил нам роскошный завтрак, поданный в лучшей зале его прекрасного ресторана. При виде этой роскоши я испугался за свой

---

[1] Князь Невшательский – Бертье Луи Александр (1753–1815), маршал Франции.

кошелек, но решил до конца играть роль знатного и богатого человека.

Наш завтрак уже подходил к концу, и я потерял надежду увидеть цыган, когда хозяин гостиницы сообщил нам, что цыгане прибыли. Я попросил его пригласить их, и в залу вошли двое мужчин и три женщины.

Сначала мне показалось непонятным, что хорошего находят знатные и богатые русские люди в этих странных созданиях, среди которых граф Толстой и князь Гагарин выбрали себе жен. Две из этих женщин были отнюдь не красивы, а третья, державшаяся с сознанием того достоинства, которое дает красота или талант, показалась мне несколько лучше других. Черные глаза ее напоминали глаза газелей, бескровные губы обнажали порой белые как жемчуг зубы, и ножки были такие маленькие, каких я еще не видел. В общем все они, и мужчины и женщины, производили впечатление изнуренных людей, и надо думать, что желание заработать заставляло их петь и плясать сверх сил.

Старший из мужчин пользовался, по-видимому, известным влиянием. Он сел с гитарой посреди комнаты, а другой мужчина и две женщины поместились около него на полу. Третья женщина, наиболее красивая и молодая, осталась стоять, слегка наклонив голову вбок и согнув колени, словно птица, которая ищет, где бы ей сесть на ночлег.

Старик вдруг ударил по струнам гитары и запел нечто вроде кантаты, которую подхватил другой мужчина и две женщины. Когда он кончил, запела, словно проснувшись, молодая цыганка, запела на редкость мягким, хватающим за душу голосом, и ей стали вторить остальные. Так оба они – старик и молодая – пели по очереди под аккомпанемент хора.

Не могу передать глубокое, щемящее впечатление, которое произвела эта дикая и вместе с тем мелодичная песня. Можно было подумать, что к нам сюда залетела из девственных лесов Америки какая-то неведомая птица, которая поет не для людей, а для широких просторов и для Бога. Я сидел не шевелясь, вперив взор в певицу, и сердце мое сжимала непонятная боль.

Вдруг струны взвизгнули под пальцами старика, трое цыган мигом вскочили и, взявшись за руки, стали кружить вокруг молодой цыганки, которая лишь покачивалась в такт музыки. Но как только их круг распался, она сама приняла участие в танце.

Что это был за танец? Это была скорее пантомима, чем танец. Танцоры, казавшиеся вначале утомленными, вялыми, оживились, полусонные глаза их расширились, губы сладострастно вздрагивали, открывая ряд жемчужных зубов. Молодая цыганка превратилась в вакханку.

Вдруг мужчина, танцевавший вместе с другими женщинами, бросился к ней и прильнул губами к ее плечу. Она вскрикнула, точно ее коснулось раскаленное железо, и отскочила в сторону. Казалось, он преследует ее, а она убегает, но, убегая, манит его за собою. Звуки гитары становились все более призывными. Пляшущие цыганки издавали по временам какие-то крики, били в ладоши, как в цимбалы, и, наконец, словно обессилев, две женщины и цыган упали на пол. Прекрасная цыганка одним прыжком оказалась у меня на коленях и, обхватив мою шею руками, впилась в мой рот своими губами, надушенными неведомыми восточными травами. Так, видно, она просила оплатить свою волшебную пляску.

Я вывернул свои карманы и дал ей что-то около трехсот рублей. Если бы в эту минуту у меня были тысячи, я бы не пожалел их для нее.

Я понял, почему русские так увлекаются цыганами!

Глава девятнадцатая

Чем ближе подходил день отъезда Луизы, тем неотступнее преследовала меня мысль, давно уже меня тревожившая. Я разузнал в Москве про трудности путешествия в Тобольск в это время года, и все, к кому я обращался, говорили, что дорога эта не только тяжела, но и опасна. Под впечатлением всего этого я понял, что не могу оставить женщину одну так далеко от родины, от которой она еще хотела отдалиться на три тысячи с лишком верст. Ведь она была совершенно одинока, – никого, кроме меня, у нее не было.

Я принимал близкое участие во всех ее радостях и горестях с самого начала моего пребывания в Петербурге. Протекция, оказанная мне по ее рекомендации графом Алексеем, благодаря которой я устроил свою жизнь в Петербурге, а также внутренний голос, говоривший мне о моем долге в подобных обстоятельствах жизни, – все это убеждало меня, что я должен сопровождать Луизу до конца ее путешествия и передать ее с рук на руки графу Алексею.

Я подумал, что, если она поедет одна и с нею в дороге приключится какое-нибудь несчастье, я не только буду горевать, но и всю жизнь упрекать себя в этом. Итак, я решил сделать все возможное, чтобы уговорить Луизу отложить свое путешествие до весны, а при ее отказе ехать вместе с нею.

Случай начать такой разговор вскоре представился: вечером, когда мы сидели за чаем у графини, она и дочери ее стали говорить Луизе об опасностях предстоящего ей пути. Старая графиня убеждала ее остаться на зиму у них в Москве и отправиться в путь только весной. Я воспользовался моментом и присоединился к настояниям графини.

Но на все наши слова Луиза отвечала со своей печальной улыбкой:

– Не беспокойтесь, я доеду.

Тогда мы стали умолять ее отложить путешествие хотя бы до той поры, когда установится санный путь, но она снова отказалась.

– Ждать этого слишком долго, – сказала она.

В самом деле, на дворе была поздняя, дождливая осень, и трудно было предвидеть, когда начнутся морозы. Мы продолжали настаивать, а она – упорно стоять на своем.

– Вы хотите, – говорила она, – чтобы он умер там, а я здесь.

В словах Луизы слышалась такая твердая решимость, что я перестал убеждать ее.

Луиза хотела отправиться в путь на следующий же день часов в десять утра, после завтрака, на который был приглашен и я. Я встал очень рано, купил себе дорожное платье, меховые сапоги, карабин и пару пистолетов и заранее положил все это в наш дорожный экипаж.

Завтрак, как легко догадаться, прошел среди грустного молчания. Одна только Луиза сияла от радости и в конце концов заразила этим настроением и меня.

Завтрак был окончен. Мы все спустились во двор, где уже стоял экипаж. Прощание было очень нежное и длительное. Расцеловавшись по нескольку раз с графиней и с ее дочерьми, Луиза протянула мне руку.

– Прощайте, – молвила она.

– Нам незачем прощаться, – ответил я.

– Почему?

– Очень просто: я еду с вами.

– Вы едете со мной?

Луиза, очевидно, не сразу поняла меня.

– Вы едете со мной? – повторила она.

– Ну да, еду с вами, чтобы передать вас здоровой и невредимой графу и вернуться обратно.

Луиза подняла руку, точно хотела помешать мне следовать за ней.

– Впрочем, – сказала она, помолчав, – я не вправе воспрепятствовать столь прекрасному, столь великодушному поступку с вашей стороны. Если вы преисполнены такой же решимости, как и я, хорошо, едемте.

Старая графиня и ее дочери стали благодарить меня.

– Не благодарите меня, – сказал я, – за то, что я считаю своим долгом. Я скажу графу от вашего имени, что вы не поехали с нами только потому, что не имели на то разрешения.

– Да, да, – воскликнула мать, – скажите ему, что мы хлопотали об этом разрешении, но нам было отказано.

– Принесите мне моего сына, – попросила Луиза, – я хочу поцеловать его в последний раз.

Ей подали ребенка, и она плача покрыла его поцелуями.

Чтобы положить конец этому тягостному прощанию, я почти насильно отнял у нее ребенка, усадил ее в экипаж, затем вскочил в него сам и крикнул кучеру «пошел!». Фельдъегерь уже ждал нас на козлах. Лошади тронули, и вослед нам донеслись последние напутствия и пожелания. Полчаса спустя мы выехали из Москвы.

Я предупредил фельдъегеря, что мы желаем ехать днем и ночью, чтобы прибыть на место до наступления морозов. Я предполагал, что при этом условии мы доберемся до Тобольска за две-три недели.

Мы быстро миновали Владимир и через несколько дней прибыли в Нижний Новгород. Я попросил Луизу отдохнуть здесь несколько часов, так как она очень устала от дороги и пережитых волнений, от расставания с сыном.

Хотя нам очень хотелось осмотреть Нижний Новгород, мы не решились тратить на это время, переночевав в нем, рано утром пустились в дальнейший путь и вечером того же дня приехали в Козьмодемьянск. До сих пор все у нас шло великолепно: попадавшиеся нам на пути деревни казались зажиточными, дома были просторны, на каждом дворе имелась баня.

Население относилось к нам с радушием и доброжелательностью, которые свойственны русским крестьянам.

Дожди наконец прекратились, и подул холодный северный ветер. Когда мы приехали в Казань, было уже довольно холодно. В этом древнем татарском городе мы остановились всего на два часа. В другое время я не удержался бы от соблазна приподнять длинную чадру, скрывающую лица тамошних женщин, которые, говорят, славятся своей красотой, но такая любознательность была бы теперь не к месту: нам нужно было торопиться.

По прибытии в Пермь Луиза почувствовала себя такой усталой, что ехать дальше было нельзя. Посмотрев на серое, низко нависшее небо, фельдъегерь сказал:

– Верно, в ночь выпадет снег, и дальше придется ехать на санях.

И действительно, когда я проснулся на другой день утром, крыши домов, улицы – все побелело от снега.

Я быстро оделся и вышел, чтобы посоветоваться с фельдъегерем. Он был очень озабочен: за ночь снега выпало так много, что под ним не было видно ни дорог, ни канав, и наш провожатый считал, что ехать в этих условиях небезопасно. Следует подождать, пока не установится санный путь и морозы не скуют все ручьи и реки. На все его доводы я лишь отрицательно качал головой; я был убежден, что Луиза не захочет ждать. Вскоре и сама Луиза вышла к нам. Выслушав наши соображения, она сказала:

– Хорошо, останемся здесь на два дня, но не дольше.

– Эти два дня, – заметил я, – мы употребим на то, чтобы подготовиться к дальнейшему путешествию.

Прежде всего нам нужно было приобрести сани, что мы сделали в тот же день и сразу перенесли в них все наши пожитки, а также оружие, которое я приобрел в Москве. В Перми мы встретили нескольких ссыльных поляков, жилось им не так уж плохо. Пермь красивый город, особенно летом, и морозы редко достигают там тридцати градусов, в то время как в Тобольске они доходят иной раз до пятидесяти.

Закончив наши приготовления, в назначенный срок мы снова пустились в путь-дорогу. Сердца наши сжались от тоски при виде бесконечной, покрытой снегом равнины. Это было безбрежное море снега, где не видно было ни дорог, ни речек, только редкие деревья служили вехами, указывавшими ямщикам направление. Время от времени нам попадались еловые леса, темная зелень которых выделялась среди окружающей нас белизны.

Жилье попадалось все реже и реже. Часто от одного села до другого было не меньше тридцати – сорока верст. Места были глухие, пустынные. На почтовых станциях нас уже не ждала толпа ямщиков, как это бывало на тракте между Петербургом и Москвой: там стоял обычно лишь один ямщик с парой маленьких, неказистых на вид лошадок, которых тут же впрягали в наши сани. Лошади эти, однако, оказались норовисты и резвы в пути.

Мы ехали довольно быстро и через несколько дней добрались наконец до тех мест, откуда начинается Урал, эта естественная граница между Европой и Азией.

Холод становился с каждым днем ощутимее, и я с радостью думал о том, что реки, через которые нам придется переправляться, скоро замерзнут. Мы остановились как-то в небольшой деревушке, в которой было не более двадцати изб. Ямщик пошел искать лошадей, а мы зашли на почтовую станцию. Это была жалкая изба, даже без классической русской печи – топилась она по-черному; около очага грелось несколько возчиков, не обративших на нас никакого внимания. Но когда мы с фельдъегерем сняли свои шубы и предстали перед ними в военной форме, нам тотчас же очистили место у огня.

Главное, надо было согреться, а потом подумать об ужине. Итак, я обратился к станционному смотрителю с просьбой дать нам чего-нибудь поесть. Он посмотрел на меня с величайшим изумлением и принес половину черного каравая, объяснив, что это все, что у него имеется. Я спросил, нет ли у него чего-нибудь еще, и этот добрый человек, узнав, что мы не можем удовлетвориться одним хлебом, открыл свой шкаф, приглашая меня убедиться, что там ничего съестного нет.

Возчики достали из своих баулов по куску черного хлеба и, натерев его салом, стали есть. Я попросил их уступить немного сала, но в это время вернулся куда-то отлучавшийся фельдъегерь с хлебом побелее и двумя курицами. Мы наскоро приготовили ужин и даже угостили им возчиков, которые были поражены столь роскошным блюдом.

Поужинав, мы собрались было ехать дальше. Но оказалось, что сменных лошадей нет, и нам пришлось заночевать на почтовой станции. Ночь мы, конечно, провели сидя на стульях, но благодаря нашим превосходным мехам не почувствовали холода и спокойно заснули.

На рассвете я пробудился, почувствовав, что кто-то ущипнул меня за щеку. Оказалось, что это был цыпленок, неизвестно каким образом забравшийся в комнату. Я не был уверен, что мы сумеем достать что-нибудь съестное, и, наученный горьким опытом, поймал цыпленка и, прежде чем он успел пикнуть, свернул ему шею.

После этого я уже не мог заснуть, тем более что на разные голоса стали перекликаться петухи, приветствовавшие близкое наступление дня. Я оделся и вышел во двор, чтобы посмотреть, какова погода: оказалось, мороз усилился.

Вернувшись в избу, я увидел, что петухи разбудили не только меня: Луиза тоже не спала. Тепло укутавшись, она сидела у погасшего очага. Встали также и возчики, один только фельдъегерь спал сном праведника. Я разбудил его и попросил распорядиться насчет отъезда. Вместе с нами должны были выехать и несколько возчиков, но между ними разгорелся спор: одни, наиболее опытные, говорили, что ехать нельзя и что нужно переждать денек-другой, а более молодые хотели немедленно отправиться в путь. Луиза была, конечно, на стороне этих последних.

Не знаю, что именно убедило фельдъегеря: красивые ли глаза Луизы или состояние погоды, но он тоже высказался за отъезд. Несомненно, решение этого человека в военной форме должно было оказать влияние на возчиков. Кончилось тем, что они тоже стали готовиться в путь.

При расчете со станционным смотрителем я отдал ему деньги за убитого мной цыпленка и попросил снабдить нас хоть какой-нибудь провизией, особенно хлебом, который был бы свежее, чем вчерашний. Смотритель ушел куда-то и вскоре вернулся с курицей, сырым окороком и несколькими бутылками какой-то бурды, похожей на водку. Говорят, ее делают из березовой коры.

Возчики стали запрягать, а я пошел на конюшню выбрать для нас лошадей, но, по здешнему обыкновению, их угнали в лес. Смотритель разбудил мальчика лет двенадцати – пятнадцати, спавшего в углу, и послал его за лошадьми. Мальчик поднялся с молчаливой покорностью, свойственной русскому крестьянину, взял длинный шест, вскочил на лошадь и помчался куда-то галопом. Возчики сказали нам, что старосту их артели зовут Григорием и в случае какой-нибудь нужды мы тотчас можем обратиться к нему.

Григорий – старик лет семидесяти пяти, которому на вид едва можно было дать сорок пять – выделялся высоким ростом и атлетическим сложением; у него была длинная седеющая борода и густые брови, нависшие над черными глазами. Одет он был, как и другие возчики, в тулуп, туго подпоясанный узким ремешком, на ногах были высокие сапоги, на голове – меховая шапка. Из-за пояса торчали с одной стороны несколько подков, брякавших при каждом шаге, оловянная ложка и большой нож, а с другой – топор и кожаный кисет, в котором, кроме табака и трубки, лежали разные мелкие инструменты и деньги.

Итак, староста артели Григорий приказал возчикам собираться в путь, чтобы добраться засветло до следующей ночевки. Мы попросили его подождать, когда приведут наших лошадей, чтобы ехать всем вместе. Он охотно согласился.

Смотритель подбросил в очаг несколько еловых и березовых веток, которые вспыхнули ярким пламенем, а мы пододвинулись к очагу, чтобы погреться перед дорогой. Вдруг мы услышали, как застучали подковы лошадей. В ту же минуту в комнату вбежал озябший мальчик и принялся жаловаться на мороз.

Тотчас же нам заложили лошадей, и у ворот избы растянулся длинный караван – одни сани за другими.

Глава двадцатая

Мы отъехали верст на двенадцать от деревни, когда совсем рассвело. Впереди были Уральские горы, кругом глубокий снег. Чтобы убедиться, не сбились ли мы с пути, Григорий порой вылезал из саней и нащупывал дорогу шестом; проделав это, он объявлял, что можно ехать дальше. Если нам попадались речонки, он прежде всего исследовал прочность льда.

Когда подъем становился очень крут, возчики по приказу Григория впрягали несколько лошадей в одни сани.

Затем, когда эти сани брали подъем, лошадей впрягали в следующие сани, и так далее, пока, наконец, не переправлялся весь караван. Конечно, такая езда отнимала много времени, и мы очень медленно подвигались вперед. Возчики относились к нам очень дружественно и всячески старались услужить.

Далее дорога стала еще труднее. Мы ехали шагом, а впереди нас шли два возчика с длинными шестами в руках, которыми они исследовали грунт. Григорий взял одну из наших лошадей под уздцы и сам повел ее, делая все время зарубки на деревьях для того, чтобы таким образом наметить обратный путь. Я воспользовался случаем немного размять затекшие ноги и также пошел пешком.

Поднимаясь все время в гору, к вечеру мы добрались до прогалины в лесу. Место вполне подходило для ночевки. Луиза сидела в санях, хорошо укутанная, и нисколько не страдала от холода. Однако провести ночь под открытым небом мы не решились. По совету Григория все принялись за постройку убежища. Топоры у нас были, мы срубили тотчас же несколько деревьев и соорудили нечто вроде хижины для защиты от ветра. Внутри нее зажгли костер и стали готовить ужин.

Возчики хотели было провести ночь под открытым небом, но мы настояли на том, чтобы и они легли вместе с нами. Один из них (я отдал ему свое ружье) стал на страже на случай нападения волков или медведей. Мы с Луизой с благодарностью вспоминали старую графиню Анненкову, снабдившую нас меховыми вещами, без которых нам пришлось бы плохо. Усталые, мы скоро заснули. Под утро нас разбудил ружейный выстрел.

Я вскочил и, схватив пистолеты, выбежал наружу, за мной последовал фельдъегерь. Возчики тоже проснулись, с тревогой спрашивая, в чем дело.

Оказалось, что Григорий, как раз стоявший на часах, стрелял в медведя, который слишком близко подошел к нам.

Зверь был ранен, на что указывали следы крови на снегу. Григорий велел своему сыну, бывшему также в числе возчиков, идти за медведем и добить его.

Я следил за парнем, пока он не скрылся в темноте; он шел, низко пригнувшись к земле, чтобы не сбиться со следа. Возчики вернулись в убежище, Григорий снова встал на часах, а я остался с ним, чувствуя, что все равно не засну. Вдруг издали донесся рев. Услышав его, Григорий с силой сжал мое плечо. Рев повторился, пальцы Григория судорожно впились в меня. Наступила недолгая тишина, которая, вероятно, показалась веком бедному отцу, и вдруг мы услышали крик человека. Григорий облегченно вздохнул и выпустил мое плечо.

– Завтра у нас будет на обед медвежатина, – сказал он, – медведь убит.

– Как ты не побоялся послать сына на медведя? Да и вооружен-то он был лишь ножом и топором.

– Чего мне за него бояться? – возразил Григорий. – На своем веку я убил более пятидесяти медведей и ни разу не был ранен, так только, царапины получал. А сын посильнее меня будет.

– Однако ты все же волновался.

– Конечно, все может случиться, а отец – он всегда отец.

В эту минуту показался его сын. Он нес задние лапы медведя, иначе говоря, самую лакомую часть медвежьей туши. Оказалось, что охотнику не слишком легко далась эта победа: во время схватки медведь расцарапал ему плечо. Мы хотели было перевязать его, но парень отказался. «Ничего, и так заживет», – сказал он.

Григорий с сыном сели в стороне, и молодой охотник принялся рассказывать ему о своем поединке. Под их тихий разговор мы с Луизой опять заснули, и ничто уже больше не нарушало нашего сна.

Выехали мы с раннего утра. Подъем в гору был не такой крутой, как накануне, но мы придерживались прежнего порядка: сын Григория с другим парнем шли впереди, нащупывая длинными шестами дорогу, сам Григорий вел под уздцы нашу лошадь, а за нами тянулся весь караван.

К полудню мы добрались до самой высокой точки перевала, где нам пришлось остановиться, чтобы дождаться остальных. Местность была лишена всякой растительности. Внимательно осмотревшись, мы с Луизой пришли в отчаяние. Не было ни кустика, ни деревца – не будет дров, чтобы обогреться, соорудить убежище. Мы уже собрались кое-как приспособить наши одеяла, когда увидели двух лошадей, груженных лесом: это Григорий с сыном позаботились о нас.

Воткнув в землю шесты, мы натянули на них одеяла и устроили нечто вроде палатки. Сын Григория разгреб снег, вырыл квадратную яму около фута глубиной и развел в ней огонь. По прошествии двух часов на дне ямы остались зола и раскаленные угли, на которые он положил оба медвежьих окорока. Как ни был занят наш повар приготовлением обеда, он то и дело поглядывал на небо. В самом деле, оно все больше хмурилось, а затем наступила та настороженная тишина, которая не предвещает ничего хорошего.

Когда к нам подъехали остальные сани, все возчики собрались на совет и тоже стали озабоченно посматривать на небо. Я попросил фельдъегеря узнать, что их беспокоит. Оказывается, они ждали, что этой же ночью разыграется метель и снег занесет все дороги. А так как здесь много обрывов и пропастей, путешествовать станет небезопасно. Как раз этого я и ожидал, и новость не слишком меня поразила.

Как ни тревожило возчиков состояние погоды, но голод все же взял свое, и они принялись отрезать себе большие куски медвежатины. Сперва это темное мясо показалось мне весьма непривлекательным, но, отведавши его, я изменил свое мнение. Что до Луизы, она с явным отвращением посматривала на медвежий окорок и ни за что не захотела попробовать его.

Стемнело, и мрак становился все гуще, что явно указывало на ухудшение погоды. Лошади, выпряженные из саней, с видимым беспокойством жались друг к дружке. Ветер набегал порывами, грозя сорвать нашу импровизированную палатку. Казалось, нам предстоит мучительная ночь. Мы все же приготовились ко сну. Луиза устроилась в наших санях, мы с сыном Григория в палатке, возчики, опрокинув сани, легли под ними прямо на снегу.

Неподалеку от нас была навалена целая гора веток; как оказалось, возчики приготовили их для костра, который они собирались поддерживать всю ночь, чтобы отпугивать волков, – их, несомненно, привлечет к нам запах медвежьего мяса. Эта мера показалась мне очень разумной.

Мы завернулись в свои шубы в ожидании двух врагов: волков и снега. Враги эти не заставили себя долго ждать: прошло не более получаса, как началась метель, и в то же время я услышал отдаленный вой волков. Последние меня беспокоили гораздо больше, чем метель, но, видя, что волки не приближаются, я понемногу успокоился и заснул крепким сном.

Не знаю, как долго я проспал, но мигом пробудился, почувствовав, что на меня свалилась какая-то тяжесть. Я хотел вскочить, но не тут-то было: что-то увесистое лежало на мне, не давая возможности пошевелиться. Я попробовал крикнуть, но голос мой тут же замер. В первую минуту я не мог сообразить, что случилось. С превеликим трудом мне удалось протянуть руку к своему товарищу по несчастью, он с силой привлек меня к себе, и голова моя оказалась снаружи. Дело в том, что под тяжестью снега наша палатка рухнула, и, пока я тщетно пытался выбраться из-под нее, сын Григория попросту разрезал ее своим ножом.

О сне уже нечего было думать. Снег продолжал падать крупными чистыми хлопьями и вскоре целиком засыпал все сани, на месте которых образовались снежные бугры.

Около шести часов утра снег перестал, но небо оставалось хмурым. Когда совсем рассвело, Григорий, внимательно осмотрев небо, покачал головой и позвал остальных возчиков. Одни выползли из-под своих саней, других так занесло, что их пришлось отрывать. Светлее не становилось, хотя было не так уж рано: день боролся с ночью, и ночь, казалось, одержит над ним верх. Погода ничего хорошего не предвещала.

За ночь снега нападало столько, что он доходил до колен, а в более низких местах – до пояса. Конечно, не было признака дорог, а ветер намел местами огромные сугробы, скрывшие от глаз все неровности почвы. Оставаться здесь не представлялось возможным: у нас не было ни крыши над головой, ни дров, ни провизии; идти дальше было опасно, возвращаться – не менее опасно. Возчики советовали переждать здесь непогоду, но мы и слышать не хотели об этом.

Григорий разделял наше мнение, говоря, что нужно продолжать путь. Ждать, утверждал он, дольше нельзя, снегу может нападать столько, что он окончательно отрежет нас от всякого жилья. Нужно ехать, и как можно скорее: завтра, по его мнению, мы уже доберемся до Екатеринбурга.

Как ни привлекателен был план Григория, но он заключал в себе и много опасностей: ветер продолжал дуть, а здесь в горах часто бывают обвалы. Это и беспокоило возчиков, которые не соглашались с Григорием, яростно оспаривая его мнение. В спор пришлось вмешаться фельдъегерю. Он заявил возчикам, что мы едем по высочайшему повелению, а потому ждать не можем. Услышав это, возчики перестали роптать и немедленно стали собираться в дорогу. Через полчаса мы были уже готовы и опять караваном потянулись вперед.

Впереди всех шел опять сын Григория с длинным шестом, затем ехал в санях сам Григорий, а за ним следовали мы; остальные сани вытянулись гуськом вслед за нами. Как я уже говорил, мы достигли самой высокой точки перевала и нам предстояло теперь спускаться с горы.

Вдруг мы услышали крик и увидели, что сын Григория провалился куда-то. Мы выскочили из саней и добежали до того места, где он исчез: на глубине футов в пятнадцать торчала из снега только судорожно двигавшаяся рука. В эту минуту подоспел отец с длинной веревкой, которой он хотел обвязать себя, чтобы спуститься вниз и попытаться спасти сына. Но один из возчиков вызвался заменить его, сказав, что Григорий должен беречь себя: он всем нужен, чтобы вести караван. Смельчака обвязали веревкой, и мы, человек шесть или восемь, принялись быстро разматывать ее, так что возчик успел схватить руку парня в тот момент, когда она уже погружалась в снег. Взяв сына Григория в охапку, он дернул веревку в знак того, что нужно тянуть его наверх. Вскоре он показался из пропасти с сыном Григория, который находился без сознания. Мы занялись приведением его в чувство. Он очнулся после того, как ему влили в рот изрядную дозу живительной влаги из моей бутылки.

Старик был счастлив, что сын его дешево отделался. Молодой возчик хотел по-прежнему идти впереди с шестом, но отец не позволил этого, да и мы запротестовали. Вместо него пошел другой, а потерпевшего мы поместили в сани к Луизе, закутав его как можно теплее.

Мы продолжали путь очень медленно и осторожно, стараясь держаться поближе к отвесному склону горы, под которым, вероятно, проходила наша дорога. После нескольких часов довольно крутого спуска мы добрались до рощи, похожей на ту, в которой провели первую ночь. Никто из нас ничего не ел с самого утра, и было решено сделать привал и подкрепиться. Лошадей также нужно было покормить.

Какое счастье, что здесь были хвойные деревья! Нам достаточно было срубить одно-два из них, чтобы получился великолепный костер, вокруг которого мы с удовольствием расположились и стали готовить себе пищу. Я отрезал кусок медвежатины и зажарил его прямо на огне. Но и в таком виде мясо показалось нам очень вкусным. Мы ели только мясо, так как хлеба у нас оставалось очень мало.

Как ни коротка была эта остановка, но и нам и лошадям она дала возможность подкрепиться и отдохнуть. В полдень наш караван снова пустился в путь; три часа мы проехали без всяких приключений. Вдруг раздался какой-то грохот, как бы удар грома, повторенный эхом окрестных гор: сильнейший порыв ветра поднял тучи снежной пыли и обдал нас ею. Григорий резко остановил сани и крикнул:

– Обвал!

И мы все молча застыли на месте.

Лавина пронеслась неподалеку от нас, и если бы до этого мы продвинулись еще на какую-нибудь версту, она непременно увлекла бы нас с собой. Видя, что опасность была так близка и так благополучно миновала, возчики поснимали шапки и перекрестились.

Правду сказать, это происшествие не явилось для нас полной неожиданностью: еще накануне Григорий высказал опасение, как бы нам не попасть под обвал. Когда ветер стих, мы попробовали ехать дальше, но перед нами буквально выросла гора снега, объехать которую вследствие узости дороги не представлялось возможным. Нужно было пробиться через нее. Однако, сделав несколько шагов, мы остановились: лошади вязли в снегу буквально по брюхо. Пришлось их вытаскивать, а из одних саней и вовсе выпрячь.

Гора упавшего снега, преградившая нам путь, оказалась гораздо больше, чем можно было предполагать. Чтобы проложить в ней путь, потребовалось бы несколько часов.

Хотя еще было не поздно, начало смеркаться, быстро надвигалась ночь. Нечего было и думать об устройстве шалаша или палатки. Мы выпрягли лошадей и, поставив сани полукругом возле отвесного склона горы, загнали лошадей в огороженное таким образом пространство. Сами же мы разместились в санях и приготовились провести ночь под открытым небом. Поступили мы так на случай появления волков, так как, не имея ни дров, ни веток, мы не могли держать их на почтительном расстоянии. Едва мы окончили эти приготовления, как наступила ночь.

Об ужине никто даже не подумал, все мы удовольствовались куском хлеба. У меня еще оставалась бутылка водки, которую я предложил Григорию, но он отказался, сказав, что придет время, когда она нам понадобится.

Луиза вспомнила, что, уезжая из Москвы, она взяла с собой два фонаря. Они оказались весьма кстати. Свечи в них были, и мы тотчас же зажгли их. Конечно, в этой заснеженной пустыне слабый свет фонаря был едва мерцающей точкой, но и она нам очень пригодилась. Мы вбили в снег два шеста и повесили на них фонари.

Нас было всего десять человек мужчин. Двух возчиков Григорий назначил дозорными, а остальные, и я в том числе, принялись расчищать завал. Мороз все крепчал, и я с ужасом думал о предстоящей ночи.

Часа три-четыре мы проработали довольно спокойно, и водка, так удачно сбереженная Григорием, очень помогла нам, когда раздался протяжный вой. Это были волки.[1] Мы поспешили укрыться в санях и приготовились к защите. Волки хотя и были неподалеку, но нападать на нас не осмеливались – их все-таки отпугивал свет фонарей.

Как я уже говорил, мы были защищены с одной стороны отвесным склоном горы, а с другой полукругом наших саней, на которых мы держали оборону, вооружившись кто топором, кто ножом, и только у нас с фельдъегерем было по карабину и по паре пистолетов. Прошло с полчаса. Волки подвигались все ближе и ближе. Вдруг один

---

[1] Это были волки. – Несомненно, читатель обнаружит в романе А. Дюма ряд неточных описаний. Об этом, в частности, пишет П. Анненкова: «Вопреки уверениям А. Дюма, который в своем романе говорит, что целая стая волков сопровождала меня всю дорогу, я видела во все время моего пути в Сибирь только одного волка, и тот удалился, поджавши хвост, когда ямщики начали кричать и хлопать кнутами» Воспоминания Полины Анненковой. С. 148..

из них отделился от стаи и стал подбираться к нам. Я прицелился в него.

– Стреляй! – крикнул Григорий.

Раздался выстрел – и зверь упал. В ту же минуту на него набросились пять или шесть волков и стали рвать его на части.

Некоторое время мы могли быть спокойны: волки отошли и держались от нас на приличном расстоянии. Но завывание их не прекращалось. Временами оно настолько усиливалось, что казалось, число их все растет.

– Глянь-ка, – сказал Григорий, – как беспокоятся лошади: стало быть, волки близко.

В эту минуту несколько волков, отделившись от стаи, бросились прямиком на поставленные цепью сани, готовясь, очевидно, перескочить через них и атаковать лошадей. Нападение это было так стремительно, что мы едва успели дать им отпор. Так мы провели всю ночь. Когда волки становились уж слишком нахальны и близко подходили к нам, мы встречали их выстрелами, что давало нам временную передышку. Всего мы убили за ночь семь волков.

Как только небо посветлело, волки оставили нас в покое. Мы сразу же принялись за работу, и, когда взошло солнце, путь через завал был закончен. Мы поспешили выехать и часа через три добрались до небольшой рощи. Возчики очень обрадовались, увидев ее: отсюда до жилья было недалеко. В этой роще мы ненадолго остановились, чтобы дать передышку лошадям и подкрепить свои силы горячей пищей. Немедленно было срублено несколько деревьев, разведен костер и на нем зажарены остатки медвежатины.

Покончив с едой, мы двинулись дальше. И вскоре за выступом скалистой горы увидели, к великой своей радости, деревушку, а в четыре часа пополудни уже остановились у ее первой избы. Здесь мы переночевали, и этот отдых после всего перенесенного показался нам раем.

На следующий день мы простились с возчиками и в благодарность за все, что они для нас сделали, подарили им пятьсот рублей.

Глава двадцать первая

Мы ехали по огромной сибирской равнине, которая тянется к северу вплоть до Ледовитого океана, и на всем этом обширном пространстве нет ни единой возвышенности, которая заслуживала бы название горы. Благодаря фельдъегерю нам всюду давали лучших лошадей, а ночью нас сопровождало обыкновенно несколько вооруженных верховых, скакавших справа и слева от наших саней.

Мы проехали, не останавливаясь, Екатеринбург и даже не посетили его великолепных магазинов драгоценных и полудрагоценных камней. После всего, что мы перенесли в последние три дня, город показался нам красивым и богатым. Затем, миновав Тюмень, мы оказались в Тобольской губернии. Семь дней спустя после жуткого перевала через Уральский хребет мы въехали ночью в самый Тобольск.

Мы были крайне измучены тяжелой дорогой, но Луиза, нетерпение которой росло по мере того, как она приближалась к графу Алексею, не захотела задерживаться в городе ни на один день. Переночевав в Тобольске, мы на рассвете выехали в Козлово, небольшое село на Иртыше, место ссылки нескольких декабристов, в том числе и графа Анненкова.

В Козлове мы явились к коменданту и предъявили ему свои документы. Комендант отнесся к нам внимательно. Мы спросили его о здоровье Алексея Анненкова и узнали, что он совершенно здоров.

Мы решили с Луизой, что сперва я пойду к Алексею один, чтобы подготовить его к ее приезду. Я попросил у коменданта разрешение на свидание с Анненковым, и он охотно дал мне его. Ввиду того что я не знал, где именно живет граф, и плохо говорил по-русски, мне дали в провожатые какого-то казака. Мы дошли с ним до обособленного поселка, состоящего из двух десятков домов и обнесенного высоким забором. Все его входы и выходы охранялись часовыми. Нас пропустили. Казак остановился у одного из домиков и показал мне, что это здесь.

С замиранием сердца постучал я в дверь и услышал в ответ:

– Войдите.

Открыв дверь, я увидел Алексея, он лежал одетый на кровати, рука его бессильно свесилась, и книга, которую он, видимо, читал, валялась на полу.

Я остановился на пороге, а он приподнялся, с изумлением глядя на меня.

– Здравствуйте, – сказал я, – вы не узнаете меня?

– Боже мой, это вы? вы?!

Он вскочил с кровати и горячо обнял меня. Затем отступил назад и, всплеснув руками, спросил:

– Вы тоже сосланы? И я – причина этому!

– Успокойтесь, – сказал я, – я приехал сюда добровольно.

Он горько улыбнулся.

– Добровольно, в Сибирь?.. Объясните мне, в чем дело, но раньше… скажите мне, как Луиза?

– Могу вам сообщить самые свежие новости о ней.

– Вы ее оставили месяц тому назад?

– Нет, всего лишь пять минут.

– Боже мой, – воскликнул он, – что вы говорите?!

– Истинную правду.

– Луиза?..

– Здесь.

– О святая женщина! – прошептал Алексей.

Прошло несколько секунд, в течение которых Анненков стоял глубоко задумавшись.

– Так Луиза здесь? – переспросил он. – Но где ж она?

У коменданта.

– Скорей идемте к ней! Право, я с ума сошел: совсем забыл, что живу под замком и не могу выйти из своего загона без разрешения жандармского ротмистра. Дорогой друг, – обратился он ко мне, – сходите за ней, приведите ее сюда, я хочу ее увидеть, обнять. Впрочем, нет, оставайтесь. Ваш проводник сходит за ней, а в ожидании вы все мне расскажете.

Он сказал несколько слов казаку, и тот вышел, чтобы выполнить его поручение.

Я рассказал Алексею все, что произошло с момента его ареста: как Луиза решила ехать к нему, как она все продала, как у нее украли деньги, о нашем путешествии в Москву, о том, как ее приняли его мать и сестры, и закончил описанием наших лишений и опасностей при перевале через Урал.

Анненков слушал меня, затаив дыхание. Время от времени он пожимал мне руку, не в состоянии промолвить ни слова. Несколько раз он вскакивал и подбегал к двери: ему все казалось, что кто-то идет.

Наконец дверь отворилась, но казак вошел один.

– В чем дело? – спросил граф, побледнев.

– Комендант ответил, что вам должны быть известны правила…

– Какие правила?

– Запрещающие ссыльным принимать у себя женщин.

Граф провел рукой по лбу и, подавленный, опустился в кресло. Я и сам с беспокойством смотрел на Алексея, на лице которого отражалась смена обуревавших его чувств. Помолчав, он обратился к казаку.

– Нельзя ли попросить сюда жандармского ротмистра? – спросил он.

– Он был у коменданта в одно время со мной.

– Будьте так любезны, подождите его у порога и попросите от моего имени зайти ко мне.

Казак поклонился и вышел.

– Эти люди все же слушаются вас, – заметил я.

– Да, по привычке, – ответил он, улыбаясь. – Можно ли представить себе более трагичное положение, – продолжал он, – она здесь, в нескольких шагах от меня, а я не могу ее видеть!

– Не сомневаюсь, – сказал я, – что вам завтра же дадут разрешение на свидание с нею. В противоположном случае вы напишите жалобу в Петербург.

– И получу ответ через три месяца. О, вы еще не знаете наших порядков!

Отчаяние, отразившееся на лице графа, испугало меня.

– Ну что ж? – заметил я. – Я готов остаться здесь на целых три месяца.

Анненков посмотрел на меня и улыбнулся.

– Нет, – сказал он, – я не надеюсь, что ее допустят ко мне. Очевидно, есть такой приказ, а против приказа не пойдешь.

– Это ужасно, – пробормотал я.

В это время отворилась дверь, и вошел жандармский ротмистр.

Анненков шагнул к нему навстречу.

– Сударь, – сказал он, – сюда приехала дама из Петербурга специально для того, чтобы повидаться со мной. Она перенесла в дороге тысячи лишений, чуть не погибла. Неужели я не смогу ее увидеть?

– Нет, – спокойно ответил ротмистр, – вы знаете, что арестантам запрещены свидания с женщинами.

– Однако князю Трубецкому это было разрешено.

– Да, – согласился ротмистр, – но ведь то была его жена.

– Ну а если эта женщина станет моей женой, она будет допущена ко мне?

– Ну, конечно.

– О, – вздохнул с облегчением Анненков, точно с плеч его свалилась гора. – Тогда я попрошу пригласить сюда священника, а вас, – обратился он ко мне, – быть шафером на моей свадьбе.

Я обнял его молча, не будучи в силах произнести ни слова.

– Скажите же Луизе, – попросил меня Анненков, прощаясь со мной, – что завтра мы с нею увидимся.

На другой день, в десять часов утра, произошло бракосочетание графа Анненкова с девицей Луизой Дюпюи. В сельскую церковь явились мы с Луизой, а вслед за нами Анненков с Трубецким и остальные ссыльные. Здесь, после долгой разлуки, Луиза и Алексей наконец увидели друг друга и, молча преклонив колена перед алтарем, обменялись одним-единственным словом.

Это было слово «да», которое связало их навеки.

* * *

Вернувшись в Санкт-Петербург, я нашел несколько писем, настоятельно призывавших меня во Францию.

Дело было в феврале, следовательно, морской путь был закрыт. Я избрал поэтому санный путь и без особого огорчения покинул город Петра Великого, где я потерял почти всех учеников из-за событий, связанных с заговором.

Итак, я ехал в обратном направлении по той самой дороге, которая полтора года назад привела меня в Петербург.[1] Но теперь вокруг меня был бескрайний снежный ковер. Древняя Московия и Польша остались позади, и передо мной были владения его величества прусского короля. И тут, высунув нос из саней, я увидел, к своему удивлению, мужчину лет пятидесяти, высокого, тонкого, сухопарого. На нем был черный фрак, такого же цвета жилет и штаны; на ногах его красовались башмаки с пряжками, на голове – цилиндр; левой рукой он прижимал к боку скрипку, в правой держал смычок, помахивая им, словно тросточкой. Вид его показался мне столь

---

[1] …я ехал в обратном направлении по той самой дороге, которая полтора года назад привела меня в Петербург. – По сведениям, приводимым в Большой энциклопедии Лярусс (т. 8, с. 540), Гризье прибыл в Россию в 1819 г. В своей книге «Фехтование и дуэль» Гризье неоднократно отмечал, что провел в России десять лет. По возвращении во Францию Гризье опубликовал 2 декабря 1829 г. некролог на смерть поэта-республиканца Шарля Доваля, убитого на дуэли, в которой решительно осуждал жестокость дуэлянта.

нелепым, а место для прогулки столь неподходящим по морозу в двадцать пять – тридцать градусов, что я велел кучеру остановиться. Увидев, что я поджидаю его, незнакомец ускорил шаг, но без торопливости и с достоинством, преисполненным изящества. По мере того как этот странный субъект приближался ко мне, я все внимательнее вглядывался в его лицо. Наконец мои сомнения рассеялись: да, это был мой соотечественник, которого я встретил, когда впервые попал в Санкт-Петербург. В двух шагах от саней он остановился, переложил смычок в левую руку и, сняв тремя пальцами свой цилиндр, поклонился мне по всем правилам хореографического искусства.

– Сударь, – проговорил он, – не сочтите за бестактность, но не могу ли я узнать у вас, в какой части света я нахожусь?

– Сударь, – ответил я, – вы находитесь на южном берегу Немана, приблизительно в тридцати лье от Кенигсберга. Слева от вас лежит Восточная Пруссия, справа – Балтийское море.

– Так, так! – воскликнул мой собеседник, явно обрадованный моим ответом.

– Не сочтите и вы за бестактность с моей стороны, – проговорил я, – но объясните мне, сударь, каким образом вы оказались во фраке, в черных шелковых чулках, с цилиндром на голове и со скрипкой под мышкой в тридцати лье от всякого жилья да еще по такому морозу?

– Вам это кажется странным, не так ли? Но… можете ли вы заверить меня, что я действительно нахожусь за пределами империи его величества самодержца всея Руси?

– Вы находитесь во владениях короля Фридриха-Вильгельма.

– Превосходно! Надо вам сказать, сударь, что, на свою беду, я давал уроки танцев почти всем молодым людям, которые злоумышляли против его величества Николая I. Как того требовало мое искусство, я постоянно бывал то у одних, то у других из них, а эти вертопрахи поручали мне свои злонамеренные письма, которые я передавал по назначению, клянусь честью, сударь, с таким же простодушием, с каким я передал бы приглашение на обед или на бал. Заговор всплыл на поверхность, вы, вероятно, слышали об этом?

Я утвердительно кивнул.

– Не знаю, каким образом, но роль, которую я поневоле сыграл в этом деле, была раскрыта, и меня посадили в тюрьму. Положение было серьезное: меня признали виновным в недонесении. Но как я мог о чем-нибудь донести, когда ровным счетом ничего не знал? Ведь это же яснее ясного.

Я кивнул, выражая этим свое полное с ним согласие.

– Так вот, сударь, в ту самую минуту, когда я ожидал, что меня повесят, меня усадили в закрытые сани, где, к слову сказать, ехать было очень удобно, но откуда меня выпускали только два раза в день для удовлетворения естественных потребностей, таких, как принятие пищи…

Я кивнул в подтверждение, что прекрасно все понимаю.

– Короче говоря, сударь, четверть часа тому назад меня высадили среди этой равнины, и мои провожатые умчались во весь дух, да, сударь, во весь дух, не сказав мне ни слова, что было не особенно любезно с их стороны, но и не потребовав с меня на водку, что было весьма деликатно. Я уже думал, что нахожусь где-нибудь в Тобольске, за Уральским хребтом. Вы бывали в Тобольске, сударь?

Я снова кивнул.

– Теперь мне остается попросить извинения за то, что обеспокоил вас, и узнать, какие средства передвижения существуют в этой благословенной стране.

– В какую страну вы направляетесь, сударь?

– Я хочу вернуться во Францию. У меня есть сбережения, сударь, говорю это потому, что вы не похожи на вора. Итак, я хочу вернуться во Францию и жить потихоньку на скопленные мною деньги, вдали от людских козней и от всевидящего ока правительства. Потому-то я и спросил вас о средствах передвижения… не слишком разорительных для седоков.

– Вот что, мой друг, – сказал я сердечнее, чем раньше, так как мне стало жаль несчастного, который, сохраняя свою улыбку и хореографическое изящество, начинал дрожать от холода. – Если пожелаете, я могу вам предложить весьма простое и удобное средство передвижения.

– Какое именно, сударь?

– Я тоже еду к себе на родину, во Францию. Садитесь в сани рядом со мной, и по прибытии в Париж я доставлю вас, куда вы пожелаете, так же как по прибытии в Санкт-Петербург я довез вас до гостиницы «Англетер».

– Как, это вы, дорогой господин Гризье?[1]

– Я, собственной персоной. Но не будем терять времени. Вам не терпится вернуться во Францию, мне тоже. Закутайтесь хорошенько в эту шубу. Вот так, и постарайтесь согреться.

– Я и в самом деле стал замерзать.

– И положите куда-нибудь свою скрипку.

– Нет, спасибо, пусть остается у меня под мышкой.

– Как желаете. Кучер, в дорогу!

Девять дней спустя, минута в минуту, я подвез своего спутника к зданию Оперы. Больше я его не видел.

Я никогда не умел копить деньги, а потому продолжаю давать уроки. Господь Бог благословил мое искусство. У меня много учеников, и ни один из них не был убит на дуэли. А это самое большое счастье, о котором может мечтать *учитель фехтования*.

---

[1] Анонимный автор рукописи впервые открыл здесь свое инкогнито. Я предполагаю, однако, что читатели давно уже узнали в герое этих мемуаров нашего знаменитого учителя фехтования.

ОГЛАВЛЕНИЕ

www.ingramcontent.com/pod-product-compliance
Lightning Source LLC
Chambersburg PA
CBHW071335020826
48982CB00024B/605

* 9 7 8 1 7 6 4 1 0 9 7 2 7 *